LE RÉVEIL
DES DISTRAITS

Catalogage avant publication de Bibliothèque et Archives nationales du Québec et Bibliothèque et Archives Canada

Kattan, Naïm, 1928-

    Le réveil des distraits

    (AmÉrica)

    ISBN 978-2-89723-038-8

    I. Titre. II. Collection: AmÉrica (Montréal, Québec).

PS8571.A872R48 2012   C843'.54   C2012-941428-X
PS9571.A872R48 2012

Les Éditions Hurtubise bénéficient du soutien financier des institutions suivantes pour leurs activités d'édition:

- Conseil des Arts du Canada;
- Gouvernement du Canada par l'entremise du Fonds du livre du Canada (FLC);
- Société de développement des entreprises culturelles du Québec (SODEC);
- Gouvernement du Québec par l'entremise du programme de crédit d'impôt pour l'édition de livres.

Direction littéraire: Jacques Allard
Graphisme de la couverture: René St-Amand
Photo de la couverture: Hemera Technologies, Getty Images
Mise en pages: Andréa Joseph [pagexpress@videotron.ca]

ISBN: 978-2-89723-038-8 (version imprimée)
ISBN: 978-2-89723-039-5 (version numérique PDF)
ISBN: 978-2-89723-040-1 (version numérique ePub)

Dépôt légal: 4e trimestre 2012
Bibliothèque et Archives nationales du Québec
Bibliothèque et Archives Canada

Diffusion-distribution
au Canada:
Distribution HMH
1815, avenue De Lorimier
Montréal QC H2K 3W6
www.distributionhmh.com

Diffusion-distribution
en Europe:
Librairie du Québec/DNM
30, rue Gay-Lussac
75005 Paris FRANCE
www.librairieduquebec.fr

Imprimé au Canada
www.editionshurtubise.com

NAÏM **KATTAN**

LE RÉVEIL
DES DISTRAITS

amÉrica

Hurtubise

AUTOUR DE DIDIER

Trois amis

C'était cool. Une double fête s'annonçait. Pour l'anniversaire de Didier et le retour d'Edgar de son périple sud-américain. Rodney s'en réjouissait. Les trois amis s'étaient connus au département des communications de l'Université du Québec à Montréal.

Après l'obtention de leur diplôme, ils étaient demeurés liés en dépit des métiers différents qu'ils avaient choisis. Didier, l'homme d'affaires, avait été millionnaire pendant plusieurs années avant que son capital ne fonde, mais il avait rapidement refait sa fortune. Edgar, lui, avait choisi le journalisme, accumulant les scoops, puis révélant des secrets de coins inconnus du globe, repris souvent par la radio et la télévision avant d'être parfois démentis. Rodney, lui, avait tout simplement choisi le monde du livre, il était devenu libraire.

Ils se voyaient pour un verre, un dîner au restaurant et dans l'intimité du foyer. Par périodes, au gré des circonstances. Tous les trois changeaient de logement selon la succession des compagnes, des partenaires ou des épouses. Didier, le plus constant à maintenir les liens, déplorait de ne pas avoir eu d'enfant. Très attaché à sa femme Ilona, la sœur d'Edgar, il avait changé de manière d'être à la suite de sa guérison d'une grave maladie.

Ce soir-là, ils dînaient en célibataires, sans leurs compagnes, les permanentes ou celles du moment. Le restaurant de l'hôtel Bonaventure était leur lieu habituel de rendez-vous. Ils commençaient toujours par une flûte de champagne, s'interrogeaient sur leur état de santé respectif avant de s'attaquer aux bilans des voyages, des réussites professionnelles, en n'oubliant pas les dernières conquêtes féminines.

Didier était tombé amoureux d'Ilona peu après leur rencontre. Edgar se demandait comment un homme si volontaire et si décidé avait pu tomber dans les filets de sa sœur, jeune fille sans charmes, pour ne pas dire laide. La première fois que Didier lui avait rendu visite, Ilona lui avait dit : « Ton ami est un homme qui ira loin », ajoutant : « Il me plaît. Il ferait un excellent mari. » Edgar ne se départit pas de la neutralité qu'il avait affichée dès le départ. Non qu'il redoutât sa sœur. Il prévoyait sa détermination, aussi forte que discrète. Il se disait que si elle parvenait à ses fins en faisant entrer Didier dans la famille, cela renforcerait leur amitié.

À l'université, le trio se réunissait tous les jours, même s'ils n'assistaient pas aux mêmes cours. Ils divergeaient dans leurs opinions sur les professeurs et entrevoyaient la route qui se présentait devant eux comme sinueuse et diverse. L'inconnu ne les empêchait pas d'aller de l'avant. Même si le choix n'était pas évident, il importait de ne pas reculer. «Tout est communication», répétait Edgar pour se convaincre, en affichant pourtant une certitude dans ses propres mots. «Nos parents auront du mal à comprendre», objectait Rodney. «C'est leur problème, affirmait Didier. C'est à nous de définir notre chemin.»

Si aucun des trois ne croyait au hasard, ils ne niaient ni l'incertitude, ni l'opacité de l'avenir.

Les parents d'Edgar, qui avaient subi les interdits des curés, n'intervenaient pas dans les choix de leurs enfants. Ils avaient accueilli chaleureusement Didier dont les parents tenaient un magasin général à Joliette. Les visites de l'homme d'affaires à sa ville natale étaient rares. Pendant ses heures libres, il était chez Edgar et Ilona.

Les amours

Didier habitait dans un studio rue Saint-Hubert où son amoureuse passait souvent ses soirées. «Je prends la pilule», lui confia-t-elle dès le début de leur relation. Ils faisaient l'amour à leur guise, découvrant ensemble les plaisirs du corps. Pour lui, Ilona était LA femme. La première, certes, mais aussi celle qui possédait toutes les qualités d'une compagne. Sensuelle et tendre, elle lui laissait le loisir de prendre les initiatives, tout en lui indiquant ses propres attentes. Pour lui, elle était d'une beauté exemplaire, mais il aurait été bien en peine d'en décrire les ingrédients.

Pour Edgar, sa sœur restait dépourvue de charme. Petits yeux, grande bouche, hanches prématurément massives. De plus, pour elle l'élégance était une préoccupation superflue et la coquetterie une survivance des temps archaïques.

Didier fut le premier à annoncer son amour, et à faire la grande demande. Ilona l'accueillit avec enthousiasme: «Tu es mon homme, proclama-t-elle. Nous avons tous deux fait le bon choix.»

Elle annonça à ses parents que le mariage, tout en étant une pratique désuète, serait célébré à la fin des études de Didier.

∾

Didier passait souvent chez Edgar, en compagnie de Rodney qui occupait un studio rue Berri. Le père du libraire était employé dans une compagnie d'assurances à Hull où sa mère exerçait le métier de secrétaire au ministère du Patrimoine.

Il avait tenu à poursuivre ses études à Montréal, non pour s'éloigner de sa famille, mais pour échapper à l'esprit de clocher d'une petite ville. Son père lui avait vanté les qualités du département de journalisme de l'Université Carleton, mais Rodney fit prévaloir son option pour le français en dépit de la toute-puissance de l'anglais, non seulement au Canada, mais dans le monde entier.

Quand Ilona ouvrait la porte, elle accueillait courtoisement les deux amis et les faisait attendre dans la chambre d'Edgar. Les parents étaient absents, tous deux vendeurs à la Baie, le père au rayon des chaussures et la mère à celui des meubles. C'est à la cafétéria du magasin qu'ils s'étaient rencontrés. Selon Edgar, leur mariage était pure convention, mais tous deux étaient dévoués à la famille.

Quand Didier venait seul, Ilona l'invitait à attendre son frère au salon, lui proposant un café ou un jus de fruits. Il s'était bientôt aperçu de la chaleur de son accueil. Il l'accepta sans comprendre, jouant le jeu pour ne pas l'offusquer ou lui déplaire. Elle l'interrogeait sur ses études et son travail. Il lui arrivait de trouver ses bavardages insipides.

Elle le mit bientôt à l'aise mais laissa passer plusieurs semaines avant de l'intercepter à sa sortie des toilettes pour lui dire presque brutalement: «Didier, je suis contente de te voir. J'aimerais que tu passes un peu de temps seul avec moi.»

Surpris, Didier n'avait pas prévu cet aveu qui l'éblouissait par sa franchise. «Viens demain, avait-elle proposé d'une voix ferme et plus assurée. Tu peux arriver à trois heures, après le cours. Edgar en a un jusqu'à cinq heures. Je serai donc là, seule.» Elle se précipita à l'intérieur sans lui laisser le temps de réagir.

Bien sûr qu'il serait au rendez-vous! Elle le savait. Didier avait eu du mal à trouver le sommeil, ce soir-là. Il tentait d'imaginer les détails de son corps et s'en voulait de l'avoir si mal regardée. C'était une femme. La première. Il se retenait de trop espérer, non pas tant par prudence, mais plutôt par manque d'audace et surtout par ignorance.

Ce matin-là, il resta longtemps sous la douche. Il n'avait que de l'eau de Cologne et pas de lotion après-rasage. Il se priverait d'un repas ou deux pour s'en procurer plus tard. À la fin du cours, Rodney l'accompagna dans le couloir et lui proposa de se rendre à la bibliothèque. Il n'avait pas le choix. Il devait mentir.

«J'ai une course à faire pour mes parents. Je te rejoindrai. Edgar ne sera libre qu'à six heures», le prévint-il. Il ne fallait pas que Rodney ait la mauvaise idée de sonner à la porte prématurément.

Il retiendrait Ilona s'il le fallait, se dit-il, avec un sourire de dérision. N'allait-il pas trop vite en besogne? Peut-être qu'Ilona était amoureuse d'un garçon et ne cherchait que son aide, sa complicité. De toute façon, il ne fallait pas qu'ils soient dérangés.

Il sonna d'une main nerveuse, le souffle retenu et puis volontairement précipité. Ilona portait un chemisier d'été même si l'automne était avancé. Les bras nus, la gorge déployée.

— Viens dans ma chambre, dit-elle aussitôt.

Il s'assit sur l'unique chaise et Ilona se mit sur le lit. Il devait la scruter pour pouvoir deviner ses traits dans le noir.

— Tu regardes mes bras? J'ai eu trop chaud en t'attendant.

Il n'allait pas se plaindre.

— Alors, dis-moi comment tu les trouves, dit-elle d'un rire gêné.

— Beaux, très beaux.

— Et moi, comment tu me trouves? Je te plais?

— Oui, énormément.

— N'exagère pas. Si je te plais, cela me suffit. Car, toi, tu me plais.

Elle se leva.

— Veux-tu boire? Café, Coke? J'ai même du vin.

— Non, merci. Ne te dérange surtout pas. Reste là.

— Alors viens t'asseoir à côté de moi.

Leurs corps se touchaient. Il posa sa main sur son bras, le caressant légèrement. Son désir était déjà devenu extrême.

Pourvu qu'elle ne s'en aperçoive pas, se dit-il.

— J'aime beaucoup que tu me caresses. Ne me dis pas que tu en as l'habitude. J'espère qu'il n'y a personne d'autre dans ta vie.

Sa bouche était presque sur la sienne et l'odeur de son haleine l'enivrait. Il l'embrassa. Elle se pressa contre lui, l'attirant sur elle, l'embrassant fort. Subitement, elle s'écarta.

— Je suis si heureuse. J'attendais ce moment depuis des mois. Tu aimes m'embrasser?

Il écrasa sa bouche sur ses lèvres et ses mains parcoururent son corps. Arrivé près des seins, il n'osa pas les empoigner, laissant plutôt glisser ses mains sur son dos.

— Didier, souffla-t-elle d'une voix altérée par l'émotion. Tu peux m'embrasser partout, de tout ton saoul. À condition que tu me promettes de ne pas embrasser une autre fille.

— Mais non, balbutia-t-il.

— Moi non plus, je n'embrasserai pas d'autres garçons.

Détendue, elle se leva et se mit à rire.

— Je me suis longtemps demandé si je te plaisais. Tu me regardais à peine.

— Je ne savais pas.

— Maintenant nous savons tous les deux.

Il se leva, la serra contre lui. Elle sentit son désir.

— Je suis si heureuse. Nous n'allons rien précipiter. Il faudra d'abord que tu me connaisses. Moi, je te connais, car je te suis depuis des mois. Viens, on va aller dans le salon.

— Attends.

Il l'embrassa dans le cou, sur la gorge, caressant ses bras, et il finit par poser sa main sur un sein, puis sur l'autre. Sans protester, elle respirait en soufflant, écrasant ses lèvres sur les siennes, pressant ses hanches contre lui, comme pour lui signifier son désir.

Mais elle s'écarta encore.

— Allons au salon. Nous n'allons pas faire de bêtises. Nous devons être discrets. Pour quelque temps. Viens, mon chéri, maintenant je te le dis tout haut. Je l'ai tellement répété en silence.

— Toi aussi, tu es ma chérie. Je te le dis et te le répète.

— Ne cesse jamais de le dire et de le répéter. Mais qu'est-ce que ça signifie exactement pour toi?

Pris de court, il hésita.

— Tu ne sais pas?

— Oui, je sais, répliqua-t-il, offensé.

— Alors j'attends.

— Ilona, tu le sais bien. C'est l'amour.

— L'amour?

— Oui, je t'aime.

— Tu finis par le dire. J'attends ça depuis si longtemps. Car moi aussi je t'aime et je te le dis haut et fort!

À partir de là, ils choisirent des moments où ils pouvaient s'isoler, se donnant rendez-vous avant l'arrivée d'Edgar ou de Rodney. Ils se caressaient sans aller jusqu'au bout de leur désir. Didier appréhendait constamment un refus d'Ilona et il se gardait bien de la forcer. Non seulement par manque d'audace, mais par incertitude et par crainte de sa réaction. Au moment où son désir était au sommet de l'exacerbation, il reprenait chaque fois ses déclarations d'amour.

Un jour, Ilona, elle-même fortement excitée, s'exclama :

— Et qu'attends-tu de moi?

— Que tu restes toujours avec moi, que tu passes toute ta vie avec moi...

— Tu me demandes d'être ta femme?

— C'est évident.

— Moi aussi, je te demande d'être mon mari.

Apaisés par cet aveu, ils furent libérés d'un fardeau dont ils ne soupçonnaient pas le poids avant de l'exprimer.

— Il faut attendre, mon chéri, s'armer de patience. Terminer l'année à l'université, se mettre au travail. Après, nous ne dépendrons plus que de nous-mêmes.

Le lendemain, prenant les devants, Ilona n'y alla pas par quatre chemins.

— Tu ne m'as jamais invitée chez toi. Je veux voir où tu dors, où tu te lèves.

Elle riait. Il dit :

— C'est si petit. Minuscule.

— Cela nous forcera à nous serrer encore davantage. Tu n'as rien à me cacher. J'ai confiance.

Le jour suivant, il l'attendait chez lui, à la fin de l'après-midi. Il avait acheté des jus, des biscuits.

Ils s'embrassèrent, excités par l'absence de toute restriction. Personne ne les surveillait et ne risquait de les surprendre.

— Dis-moi encore que tu m'aimes, fit-elle, enjôleuse. Elle s'étendit sur le lit.

— Tu peux me déshabiller, l'invita-t-elle.

Il le fit dans la précipitation, se battant malhabilement avec les boutons, les fermetures éclair.

— Tu es si belle. Je t'aime.

— Veux-tu que je te déshabille ?

Elle lui enleva son pantalon, ses sous-vêtements, exhibant sans pudeur le sceptre de son désir.

— Comme tu es beau, mon chéri.

Elle le pressa contre elle. Puis elle lui dit :

— Tu peux y aller. J'ai commencé à prendre la pilule. Il faudra mettre une serviette…

Elle le regarda droit dans les yeux et lui dit :

— Tu es le premier.

Lorsqu'il la pénétra, elle cria sa douleur puis supplia, les larmes aux yeux :

— Ne t'arrête pas, mon chéri. Tu es mon mari et je suis ta femme.

Le sang imbibait la serviette. Didier était un peu désemparé. Il n'aurait pas voulu être le premier, il n'aurait pas voulu lui faire mal. Mais elle gémissait, clamait son désir. Ils atteignirent rapidement le paroxysme. Puis elle s'écarta, respirant plus doucement. Il promenait ses mains sur son ventre, ses seins.

— Mon chéri, dit-elle en riant. Maintenant tu es mon mari et je suis ta femme. Je suis si heureuse.

Elle se leva et se rendit précipitamment aux toilettes.

— Je suis prête à nouveau, dit-elle en revenant. Nous n'allons plus nous arrêter. Tu es un merveilleux amant.

Pour lui, jusque-là, l'existence n'était qu'une poursuite, une continuité. L'amour n'était ni réflexion, ni projet. Une marche dans une vie où les jalons se suivent sans arrêt, avec seulement quelques haltes. Il était abasourdi de se sentir entièrement emporté par un torrent qui abolissait toute distance entre Ilona et lui, leurs deux corps réunis devenant une seule et même entité. La fusion avec Ilona était aussi naturelle que totale. Il ne pouvait pas l'imaginer ailleurs.

∾

Un jour, Edgar et Rodney furent témoins de la transformation de leur ami. Ilona prit les devants. Au dîner, elle dit simplement :

— Nous avons l'intention, Didier et moi, de nous marier dès la fin des cours cette année, quand nous aurons trouvé du travail.

Elle ne réclamait pas de permission. La décision était la sienne. Edgar se sentit mis à l'écart. Pourtant, c'était son ami que sa sœur avait choisi. Elle n'avait pas à lui demander son avis et il ne devait donc pas se sentir trahi. Mais il ne parvenait pas à comprendre Didier : Ilona n'était ni belle, ni charmante. Ilona sentit le malaise que sa déclaration avait provoqué chez Edgar, mais elle n'en avait cure. Elle avait abandonné toute intimité avec son frère depuis longtemps et elle adoptait un ton neutre, distant, quand il fallait mettre un terme à un comportement hostile, désagréable.

À plusieurs reprises, Edgar fut sur le point de s'écrier à l'adresse de Didier :

— Mais enfin qu'est-ce que tu lui trouves ?

Dépourvue d'imagination, son intelligence se limitait à de l'habileté. Son ami le décevait et il craignit de tomber à son tour dans un traquenard similaire. Il était convaincu de bien connaître sa sœur et ne pouvait pas l'imaginer sensuelle et séduisante.

Ce soir-là, sa mère s'était contentée de dire à son mari :

— De toute manière, elle en a jamais fait qu'à sa tête. On ne peut que lui souhaiter du bonheur. Didier est le meilleur parti qu'elle peut espérer. C'est un garçon bien, qui ira loin.

Rodney n'était pas indifférent, prenant note que Didier annonçait une forme de départ. Attiré lui-même par les filles qui défilaient sans cesse dans sa tête sans parvenir à se fixer, il comprenait néanmoins le comportement de son ami. Ilona ne le faisait pas rêver, lui, mais l'attrait qu'elle exer-çait sur Didier lui faisait croire au mystère qu'un homme, par ailleurs discret et en réalité secret, pouvait garder au fond de lui.

Et ce mystère rejoignait celui, aussi invisible, d'Ilona. Sans l'envier, il rêvait pour lui d'un lien aussi puissant qu'énigmatique. Ilona le saluait courtoisement en tant qu'ami de Didier plutôt que d'Edgar. Aimable, à la limite de l'indifférence, comme si elle voulait se manifester en tant que femme déjà engagée, par conséquent intouchable. Sans aucun doute sa sensualité était-elle réservée à son élu.

Didier ne se retint plus de faire allusion à son futur mariage, à son intention de s'installer, de se mettre au travail. Il ne se sentait pourtant pas plus intime avec Edgar qu'avec Rodney. Certes, le premier était le frère, faisait partie de la famille, mais cela comptait si peu pour Ilona. D'ailleurs, Edgar ne parlait pas d'Ilona comme de sa sœur, mais plutôt de la compagne et future femme de son ami. En l'épousant, Didier n'avait nullement l'intention d'entrer dans une famille dont elle s'était détachée.

— Tu n'as pas l'air d'éprouver le besoin de visiter ta famille, lui dit-elle un jour.

— Tu sais bien que je suis très pris.

Et comme pour dissiper un malentendu, il ajouta : «Par les études.»

Elle attendit un moment avant de reprendre :

— J'ai bien envie de connaître tes parents. Tu n'as pas d'objection, j'espère. Tu connais bien ma famille !

— Au contraire. Je souhaite qu'ils te connaissent. Je vais leur téléphoner et nous irons à Joliette dimanche prochain ou le suivant. Nous prendrons l'autobus le matin et nous rentrerons l'après-midi. Ma mère fait une cuisine acceptable et mon père se sent toujours rajeuni auprès des jeunes femmes. Mais ne t'inquiète pas : ma mère veille au grain ! Pour lui, elle est toujours l'unique. Elle travaille au magasin et maintenant que ma sœur, médecin à Toronto, et moi ne sommes plus encombrants, ils sont vingt-quatre heures sur vingt-quatre ensemble. Je ne crois pas qu'ils s'en plaignent...

Repas de famille

Lorsqu'ils sonnèrent, les parents les attendaient à la porte. Didier les avait prévenus de l'heure d'arrivée de l'autobus. L'arrêt était proche de la maison, attenante au magasin, qui était fermé le dimanche. La petite maison ombragée par d'énormes arbres de tous les côtés paraissait toujours aussi lugubre à Didier. Des meubles dépareillés et sans charme, une affiche touristique sur le mur, un paysage que personne n'avait visité à côté de photos de mariage des parents et de celles des enfants bébés.

— Ça nous fait plaisir de vous connaître, dit le père, affable, appuyé par de forts hochements de tête de la mère. Didier reconnut l'odeur qui se dégageait de la cuisine. Un ragoût de bœuf. Il n'avait pas faim, mais il ferait semblant.

— Avez-vous fait bonne route ? s'enquit son père.

— L'autobus est confortable et il était à l'heure, répondit Didier.

— J'espère que la ville et la région ne vous déplaisent pas, dit encore le père en se tournant vers Ilona.

Celle-ci, l'allure d'une petite fille soumise, se contenta de répondre, en y mettant une chaleur forcée :

— Je n'ai eu droit qu'à un coup d'œil, en passant. Didier m'en a souvent parlé avec enthousiasme. J'ai bien envie de mieux les connaître.

— Vous pouvez revenir tant que vous le désirez, fit la mère en cachant à peine la surprise de sa proposition.

Son mari s'informait, posait des questions sur les études de son fils et de sa compagne, sur leurs projets. Didier gardait pour la fin de la visite l'annonce du mariage. Il n'y aurait alors ni interrogation, ni discussion.

— Vous prendrez bien un verre de vin ou de bière ? proposa le père.

— Je me contenterai d'un verre d'eau, dit Ilona.

Didier n'aimait pas l'alcool.

— Tu auras ton jus de pomme, dit-il à son fils.

— La même chose pour moi, interrompit Ilona, si vous voulez bien. Didier m'a appris à apprécier les jus de fruits.

— Je vais montrer la maison à Ilona, annonça Didier en se levant.

Ils déposèrent leurs verres. La chambre de Didier était propre, parfaitement rangée.

— C'est le trou où je me suis le plus longtemps et le plus souvent ennuyé dans ma vie, confia Didier à voix basse.

— Ce n'est pas assez ensoleillé, remarqua Ilona.

— Mon père interdisait qu'on touche aux arbres. Les branches érigeaient un écran entre le monde et moi. Rien à faire.

Ils regagnèrent le salon.

— On peut passer à table, déclara le père, indiquant par là à sa femme la marche à suivre.

— Je vais vous servir la soupe, dit Constance, la mère. Une soupe aux légumes. J'espère que vous aimerez.

— Didier m'a souvent parlé en termes élogieux de votre cuisine.

— Tant mieux, coupa Irénée, le père.

La soupe fit régner le silence.

— J'ai préparé un rôti, annonça Constance.

— Didier m'a dit qu'il aimait beaucoup vos rôtis et vos ragoûts.

— Ce sera alors un ragoût à votre prochaine visite.

Irénée s'employa à découper la viande.

— Rosé? Saignant? demanda-t-il.

— Rosé, si possible, dit Ilona. Comme Didier.

Celui-ci n'avait pourtant pas annoncé sa couleur. Il était étonné par Ilona qui allait toujours de l'avant. Il avait envie de la contredire juste pour que ses parents ne pensent pas qu'elle le dominait, mais il s'abstint de ce qui risquait de paraître une expression de mauvaise humeur.

— C'est délicieux! s'exclama Ilona. Didier avait raison de louer votre cuisine. Difficile à égaler!

Elle le surprenait. Elle n'avait même pas l'air ironique.

— Un peu plus de sauce ? demanda Constance.

— Volontiers. C'est très bon.

Il n'y eut ni salade ni fromage. Un gâteau et une salade de fruits.

— Merci infiniment, dit Ilona. Magnifique repas.

— Vous reviendrez, dit Irénée.

— Avec plaisir. Dès que Didier trouvera le temps.

— Ilona a elle aussi un horaire chargé, interjeta celui-ci.

— Le dimanche, on ne travaille pas, dit Constance.

— Nous reviendrons dès que nous pourrons, conclut Didier. Je veux vous annoncer tout de suite une grande nouvelle. Dans quelques mois, je terminerai mes études, comme Ilona, et nous chercherons du travail. Nous pourrons alors nous marier.

— Pour une grande nouvelle, c'en est une, dit Irénée.

Puis, se tournant vers Ilona :

— Vous savez avec qui vous voulez être pour la vie, poursuivit-il, entre l'interrogation inquiète et l'ironie. Avec peut-être aussi une ombre de jalousie.

— Oui, affirma Ilona. Parfaitement. Didier est le meilleur homme pour moi. Je compte être à la hauteur.

— Mais tu l'es, dit Constance. J'ai le sentiment de te connaître. Et la cérémonie aura lieu à Montréal ?

— Oh, reprit Didier, ce sera le plus simple possible. Un mariage civil, à la mairie. Nous n'avons pas d'argent pour des réceptions. Je vous préviendrai. Vous viendrez, j'espère.

— Et comment ! dit Irénée. Certainement.

— Je vous souhaite tout le bonheur, dit Constance. Une vie harmonieuse.

— Vous nous donnez l'exemple, conclut Ilona.

Vie de couple

Dans l'autobus, Didier se sentit soulagé. Sa mère, profitant d'un moment où Ilona était à la salle de bains, lui avait dit:

— Elle a l'air bien, ta compagne. Tu as bien choisi, tu es bien tombé. Elle est douce et tout attentive à tes goûts, à tes besoins. Elle fera une bonne épouse, dévouée, sérieuse.

Elle n'avait fait aucune allusion à sa beauté. Sans doute inexistante pour elle. Cela préserverait son fils du dévergondage et du harcèlement des hommes mal intentionnés.

Son père n'avait dit mot. Ilona, vraisemblablement, ne l'attirait ni par le charme ni par la séduction.

Sortant de sa rêverie, Didier dit à Ilona:

— Tu as charmé mes parents.

— J'espère! Je voulais qu'ils sentent que leur fils est tombé entre bonnes mains. Une femme conforme aux normes traditionnelles.

Il se tut pour ne pas aller plus loin, attendant le lit pour reprendre vraiment la conversation.

À la fin de l'année, les cours terminés, ils étaient certains l'un et l'autre de réussir leurs examens et de décrocher leurs diplômes. Ilona commença à se soucier de la suite des événements. Elle épluchait les annonces dans les journaux et passait les adresses à Didier pour qu'il fasse les demandes. Ils ne se restreignaient pas aux entreprises francophones.

Avant de connaître Didier, Ilona avait pris des cours d'histoire à l'Université Concordia et s'estimait polyvalente, disponible pour l'enseignement comme pour les affaires. Elle admirait le rationalisme de Didier, son attention au concret et sa persistance.

Ils vivaient déjà en époux, en transition avant le mariage. Didier écartait l'idée que la cérémonie et le bout de papier allaient modifier quoi que ce soit dans leur existence. Pour ceux qui y croient, le mariage pouvait avoir un sens religieux. Quelle signification, quel sens donner alors à cette démarche? Ilona y tenait. Didier ne lui posait pas de question de crainte qu'elle ne pense à une remise en question, sinon à un rejet de son désir.

De son côté, elle comprenait mal le silence, l'indifférence de Didier. Comme si le mariage était une opération bureaucratique accomplie au service d'une société à laquelle ils n'avaient pas de comptes à rendre. Le monde était néanmoins là dans toute sa puissance et il n'était pas question que leur lien passe inaperçu.

Il ne s'agissait pas d'amour-propre, ni d'une volonté d'afficher leur intimité, mais d'un fait, d'une réalité, et elle ne se pardonnerait pas de dissimuler cela comme si elle en avait honte. Comme lui, elle porterait l'anneau non comme symbole, mais comme le signe visible d'une union.

— Nous n'avons pas les moyens d'organiser une cérémonie. Nous nous marierons à l'hôtel de ville et nous inviterons la famille à un déjeuner ou à un dîner.

— Un déjeuner, proposa-t-elle. C'est plus commode et moins cher.

Ils se présentèrent à l'hôtel de ville avec leurs deux témoins, Rodney et Edgar. Une formalité pour Didier et une reconnaissance, une attestation pour Ilona. Désormais elle était une épouse, une dame. Didier, lui, se situait ailleurs : ni rêve, ni fantasme mais une abstraction.

Certes, le monde existait, mais à l'extérieur, dans un ailleurs proche, une proximité dont il ne fallait pas forcément reconnaître les frontières. Il poursuivrait sa route sans tenir compte des sinuosités, des points d'arrêt.

Pour le déjeuner, ils avaient le choix entre le Ritz Carlton et le Hélène de Champlain dans l'île Sainte-Hélène. Didier était favorable à celui-ci. Une île, un espace vert, le fleuve et une salle traditionnelle. C'était loin, même si le métro y conduisait. Pour Ilona, il importait de marquer l'événement, mais sans se donner trop de soucis.

Ce fut donc le Ritz qui fut choisi. Didier se rendit sans discuter à sa décision, car il ne faisait pas assez beau pour aller dans l'île. Ils eurent une table donnant sur le jardin du grand hôtel. Ilona tenait à éviter tout inconvénient aux vieux, les parents de Didier et les siens.

Tout le monde fut à l'heure. Edgar et Rodney n'étaient pas accompagnés de leurs dernières flammes, car cela aurait risqué d'officialiser leurs relations et de leur donner le poids qu'elles n'avaient pas. Le buffet, abondant, faisait plaisir par la liberté de choix qu'il offrait. Le père de Didier offrit le champagne. Pour lui, c'était l'apogée du raffinement. On leva les verres dans la bonne humeur, sans que personne n'ait l'idée de souligner le caractère exceptionnel de l'événement.

Didier riait, répondait aux souhaits, donnant l'impression de prendre part de bon cœur à la cérémonie. Ilona, elle, triomphait. Elle était désormais l'épouse et elle l'affirmait haut et fort. Elle ne partageait plus uniquement, jusque-là discrètement et en cachette, le lit de son homme, mais était désormais sa partenaire de vie, son associée. Sa relation se trouvait ainsi consacrée.

La mère de Didier attendit le dessert pour fouiller dans son sac et sortir une petite boîte recouverte de velours bleu.

— Voici le collier que j'ai reçu de ma belle-mère à mon mariage. Il restera ainsi dans la famille.

Émue, Ilona le mit autour de son cou et se leva pour embrasser sa belle-mère et son beau-père. Sans être très bavards, les parents d'Ilona ne cachaient pas leur plaisir de connaître les parents de Didier.

— Vous viendrez nous visiter à Joliette, proposa la mère.

— Nous ne manquerons pas de le faire à la première occasion, dit le père.

Se tournant vers Didier, Rodney plaisanta.

— Tu n'auras pas besoin de me devancer dans tes visites à Edgar.

— Il ne faudra surtout pas les interrompre, interjeta celui-ci.

— Ilona sera toujours chez elle à la maison, ajouta le père.

La séance levée, Didier demanda l'addition.

— C'est déjà réglé, annonça le maître d'hôtel.

— Ça me fait plaisir d'offrir cette réception à ma fille, expliqua le père de son ton de vendeur. Sa femme l'approuva d'un large sourire.

L'argent

Didier accepta un jour de faire un stage à la compagnie d'assurances La Métropolitaine. Entouré de vendeurs et d'employés aguerris, attendant leur tour de gravir les échelons, il ne parvenait pas à déceler d'intérêt dans les postes convoités. Il gagnait de quoi payer l'appartement et la nourriture. Ilona avait déménagé chez lui, refusant toute aide de ses parents. Elle cherchait maintenant du travail.

— Je vais commencer par faire du bénévolat.

— Ça donnera l'impression que tu n'as pas besoin de salaire, protesta Didier.

Elle lui donna raison et décupla ses efforts pour décrocher un emploi. On lui proposa un poste d'assistante dans une école professionnelle. Temporaire et mal payé. Elle l'accepta tout en étant convaincue qu'elle n'en avait pas la compétence.

— Nous sommes tous les deux en apprentissage, remarqua Didier.

Elle admirait sa lucidité et ses jugements dépourvus de toutes attentes exagérées. Trop exigu, leur appartement les serrait l'un contre l'autre.

— Heureusement que nous avons deux chaises, plaisanta Ilona.

— Mais une seule table et une seule lampe, ironisa Didier. Nous apprenons le partage par la force des choses.

Tous deux étudiaient les offres d'emploi dans *La Presse* et *The Gazette*.

— Il faut apprendre à ne pas se laisser piéger et perdre son temps en sollicitations futiles, prévint Didier.

Ilona lui faisait confiance. Il saurait dénicher un poste riche en promesses et elle serait là pour le seconder. Ils sortaient tous les soirs se promener dans le quartier et passaient une heure ou deux devant la télévision avant de se coucher. Ils faisaient l'amour en se mettant au lit.

Ilona redoutait l'institution d'un rituel, d'une habitude dépourvue de passion. En rentrant, elle s'allongeait parfois sur le lit, appelant Didier à la rejoindre, se mettait à le caresser, à défaire sa ceinture en lui plaçant ses mains sur ses seins. Ils s'assoupissaient après l'étreinte, dînant ensuite d'une salade et d'un fruit, sacrifiant la promenade qui leur paraissait une obligation hygiénique.

En discutant de leur travail, ils faisaient rarement allusion à l'amour et évitaient tacitement d'évoquer l'avenir. Tous les dimanches, ils déjeunaient chez les parents d'Ilona en présence d'Edgar et de Rodney. Le groupe se reformait et Ilona participait à leurs conversations et leurs facéties, y étant admise comme membre à part entière.

Le soir, à la fin de leur journée de travail, Ilona et Didier se racontaient des anecdotes, parlaient de leurs rencontres, abordant rarement leur propre vie de couple, n'étant ni l'un ni l'autre généreux en mots d'amour, ni même en compliments. Didier discernait-il vraiment la femme en Ilona ? Au lit, la plupart du temps dans la pénombre, à l'apogée de l'étreinte, il s'écriait «Je t'aime» et Ilona répondait invariablement «Moi aussi». C'était tout.

En épluchant systématiquement les petites annonces dans les journaux, ils ne tombaient pas sur des offres alléchantes qui les inviteraient à changer d'emploi.

— Il faudra qu'un jour j'aie ma propre entreprise, annonça Didier un soir.

Le propriétaire d'une nouvelle compagnie de jeux électroniques venait de lui proposer une association.

— Comme bailleur de fonds, expliqua-t-il. Il a plus besoin d'argent que de partenaire.

Ilona garda le silence.

— Je préfère attendre, poursuivit-il. Je ne veux pas d'associé. Je veux décider tout seul et entièrement de la marche à suivre. Bien sûr avec le risque de me retrouver le bec à l'eau, mais avec la possibilité d'être un jour à la tête d'une véritable fortune.

Ils ne se plaignaient pas, n'en avaient pas le temps. Ilona prenait toujours la pilule, car ce n'était pas le moment de s'encombrer d'un enfant. Ni l'un ni l'autre n'en ressentaient le désir.

Un mardi, au milieu de la nuit, le téléphone les réveilla.

— Ça doit être une erreur, murmura Didier, à moitié endormi.

Ce fut Ilona qui décrocha. Sa belle-mère s'écria en pleurant :

— Il faut que vous veniez. Irénée est mort.

Elle avait du mal à articuler.

— Cet après-midi, alors qu'il était au magasin, Irénée est tombé par terre. Évanoui. Les employés ont tenté vainement de le ranimer. Ils ont appelé l'ambulance et, à l'hôpital, on a constaté son décès.

Depuis quelques mois, il se plaignait d'un mal à la poitrine. Il refusait de consulter un médecin. Il n'avait jamais été malade.

— Et maintenant, il n'est plus là.

Didier n'arrivait pas à y croire… Et puis, il culpabilisait, il regrettait de l'avoir négligé. Il attendit les premières lueurs du jour pour se rendre à la gare d'autobus.

— Tu téléphoneras au bureau pour les prévenir de mon absence, dit-il à Ilona.

— Veux-tu que je t'accompagne ?

— Tu me rejoindras aux funérailles. Je t'appellerai.

La maison était fermée, vide. Tout le monde se trouvait déjà au salon funéraire. Le corps de son père allait être prêt d'un moment à l'autre. Momifié, habillé. Au magasin, une affiche indiquait qu'il était fermé pour cause de décès. Une foule se pressait au salon funéraire où le défunt allait être exposé. Des employés, des clients, des amis.

Didier chercha sa mère. Dans un coin, quasi engourdie, elle était absente, sans expression. Ni douleur, ni souffrance. Un visage figé. Il s'approcha pour l'embrasser. Elle était immobile. Il lui prit la main. Elle était tiède, inarticulée.

— Maman, s'écria-t-il en retenant ses larmes.

Elle leva les yeux et n'eut pas l'air de le reconnaître. Tenant toujours sa main, il s'assit, ayant envie de tonner : Je suis Didier, ton fils.

Les gens défilaient, lui serraient la main qu'elle leur abandonnait. Certains s'attardaient, cherchaient à se faire écouter. Rien à faire. Ils abandonnaient vite la partie. Didier l'observait. Son regard était totalement vide. Si seulement Ilona était là, elle aurait pu réagir, le conseiller. Vêtu de son complet de dimanche, son père était allongé dans le cercueil. Didier reconnaissait des visages, serrait des mains, ébauchant un mouvement des lèvres pour remercier.

À la fin de la matinée, il aperçut Ilona à la porte. Elle lui dit :

— J'ai demandé s'il y avait un médecin. Un docteur Laporte est en route.

— C'est un ami de mon père.

Le médecin ne tarda pas à se présenter, et il prit immédiatement le pouls de la veuve, sa pression.

— Sa pression est très basse, conclut-il. Je vais lui donner un cachet. Elle reviendra à elle-même.

Sa mère avala le cachet, but de l'eau, s'exécutant comme un automate. Elle finit par jeter un regard sur Didier.

— Tu es venu, murmura-t-elle.

— C'est terrible. On ne va pas te laisser seule.

— Je n'entends plus la voix d'Irénée. Il ne parle plus.

— On est avec toi. On doit survivre au malheur.

— Le malheur. Oui, le malheur.

Elle se tut, comme brusquement assoupie.

— Pourquoi lui et pas moi? Je n'ai plus rien à faire ici.

— Nous sommes là, maman.

Ilona lui tint la main puis, remontant au bras, le caressa mécaniquement.

Le salon était ouvert jusqu'à neuf heures. À la maison, les employés avaient préparé un repas, la patronne leur ayant donné la clef.

Ils se mirent à table et elle les servit, comme d'habitude. Des invités. Puis, Ilona la reconduisit à son lit. Elle obéissait comme un enfant amorphe. Elle s'allongea et, les yeux ouverts, resta immobile.

Le lendemain, à l'ouverture du salon, son état paraissait normal.

— Qu'allons-nous faire du magasin? demanda-t-elle à son fils.

— Les employés sont là, et tu seras là toi aussi.

— Toute seule ?

— Il le faut bien. On prendra le temps pour décider.

— Il est à toi. Tu en es le seul héritier.

— Non, maman, je ne peux pas revenir tout de suite à Joliette. Nous allons réfléchir.

Ilona pensait que c'était le moment idéal de mettre le magasin en vente. Il fonctionnait bien et l'argent de la vente assurerait la subsistance de sa mère. Didier décida de passer une semaine à Joliette. Sa mère ne tiendrait pas le coup et, tout dévoués qu'ils étaient, les employés ne devaient pas être laissés à eux-mêmes. Rentrée à Montréal, Ilona appelait plusieurs fois par jour. Après les funérailles, Didier se rendit au magasin, occupa le bureau de son père, prenant vite l'affaire en main.

— J'ai la formation, se rassurait-il.

Des cousins lointains ou proches, qu'ils reconnaissaient à peine, se présentaient pour réitérer les condoléances. Son cousin Réal s'était éloigné de la famille en décidant de revenir à son origine paysanne. Une ferme d'élevage. Sa femme Germaine l'avait suivi sans enthousiasme. Leurs deux filles, des pensionnaires, n'avaient aucune envie de vivre à la ferme. Elles détestaient les vaches et l'odeur du lait.

Sa femme, plus tard, le quitta, partit avec un employé de la voirie à Montréal. Sans se résigner, Réal engagea des employés et fut surpris de découvrir qu'il perdait de l'argent. Il mit la ferme en vente. Disposant de tout son temps, il se rendait chaque jour au magasin.

— J'ai appris que tu as l'intention de vendre, dit-il un jour à Didier.

— Je n'ai pas l'intention de revenir à Joliette et Ilona ne veut pas en entendre parler. Le problème, c'est ma mère. Nous pourrions la loger dans une résidence de retraités à Montréal. Ça m'horripile. Elle répète tout le temps : «Je ne suis pas morte.» Elle ne se rend pas compte de ce qu'il lui arrive et elle n'a personne sauf moi.

— Tu te crées tout un fardeau avec ce qui est pourtant bien plus simple. Elle a sa maison et peut y demeurer indéfiniment. Tu peux engager une dame, veuve ou divorcée, qui demeurera là, fera le ménage, la cuisine. Nombreuses sont celles qui seraient heureuses de trouver refuge dans une telle résidence. Le monde a changé. Les femmes seules abondent. Et les enfants, dès qu'ils grandissent, s'envolent du nid. Mes deux filles m'appellent le samedi ou le dimanche pour s'assurer de ma sur-vie. Un rituel. Tout sentiment banni. Elles ont leurs amants, pardon, leurs copains et ne songent pas à avoir des enfants.

Didier l'écoutait sans réagir. Il n'allait pas se plaindre. Il avait le sentiment de s'être déchargé d'un lourd poids.

— Tu auras bientôt, toi aussi, des enfants, poursuivit Réal. Ça arrive quand on est marié…

Didier se rendit compte que ni lui ni Ilona n'y avaient songé. Il importait d'abord de s'installer, le reste suivrait.

Un après-midi, muni de sa tasse de thé, Réal s'installa en face de Didier.

— Tu n'as pas besoin d'aide? lança-t-il.

— D'aide? fit Didier, surpris. Je ne sais pas. Je ne crois pas. Je n'ai pas l'intention de m'éterniser ici.

— Si tu mets le magasin en vente, tu n'auras pas de mal à trouver des acquéreurs.

— Je discute déjà avec le notaire.

Après un moment de silence, Réal dit:

— Tu en as un en face de toi.

— Toi?

La surprise de Didier était manifeste.

— Oui, moi. Sauf que je ne dispose pas tout de suite des moyens pour te payer.

Didier, afin de retarder le moment de réagir, consultait un dossier.

— J'ai fait tous les calculs, reprit Réal. Je suis parfaitement au courant de l'affaire et en mesure d'assumer la gérance. Ta mère m'aime bien et moi je l'aime autant que ma défunte mère.

— C'est une nouvelle inattendue. Laisse-moi le temps de réfléchir.

— Tu devrais d'abord discuter avec ta femme.

— Je suis convaincu que nous arriverons à une entente.

— Tu peux glisser un mot à ta mère, mais n'en parle pas au notaire.

Quand il fit mention de Réal à sa mère ce soir-là, elle leva les yeux, une faible lueur de mémoire vite éteinte.

— Ah, je crois que c'est un gentil garçon.

Didier mit du temps avant de se décider. Mais pour Ilona, c'était tout réfléchi : le magasin allait être vendu et le capital serait disponible. C'était le moment propice de faire leur entrée dans le monde des affaires. C'était le temps d'aller de l'avant, de réussir, de faire fortune.

Réal fit évaluer le magasin par le notaire.

— Nous sommes cousins, commença-t-il, et nous avons besoin l'un de l'autre. Toi pour te libérer et moi pour revenir à la vie. Je ne suis pas un aventurier. J'ai assez d'argent pour faire le tour du monde, mais je déteste les voyages, j'ai peur des avions et ne ressens aucune curiosité de voir l'Asie ou l'Afrique. C'est le travail qui m'apporterait la paix, le repos, me permettrait de souffler.

Didier l'écoutait sans hostilité, mais cherchait vainement quoi lui répondre. Il n'arrivait pas à se décider. Ilona, elle, ne serait certainement pas allée par quatre chemins et il était content qu'elle ne fût pas là.

Didier demanda à Réal de lui accorder un peu plus de temps de réflexion. Un peu plus tard, ce soir-là, Ilona l'appela :

— Il faut que tu reviennes vite, dit-elle. Je suis tombée sur un merveilleux numéro, le bon numéro. Un garçon vif, un artiste créateur. Un visionnaire. Heureusement qu'il doute de ses capacités et qu'il est dépourvu du sens pratique. Tu ne réagis pas ?

— J'attends la suite.

— À la bonne heure. Tu sais que l'avenir, le nôtre, est tracé par les nouvelles technologies. Eh bien, ce garçon, Sydney, est en plein là-dedans. Rassure-toi, il n'est pas anglophone, en dépit de son nom. Sa mère s'était sans doute entichée d'un Sydney à sa naissance. Il est né à Arvida et a fait des études à Montréal, la peinture aux beaux-arts et comédien à l'École nationale du théâtre. Des bourses. Et puis il a découvert les jeux électroniques. Je ne comprends pas exactement, mais ça a l'air génial. Il a vendu son premier jeu à une petite compagnie, une *start-up* qui a fait faillite et cherche à vendre les suivants. Trois et bientôt quatre. Il nous suffirait de fonder une compagnie et de nous mettre sur le marché. Le Québec est déjà reconnu dans ce domaine dans le monde entier.

Didier fut ébloui par cette nouvelle. Déjà, aux HEC certains étudiants rêvaient des nouvelles technologies. Un jeu qui marche peut rapporter des millions. Il faisait confiance à l'intuition d'Ilona. Les grands inventeurs ne se doutent pas souvent de l'ampleur de leur vision. On peut les seconder sans essayer de les contrôler. Didier, reconnaissant son incapacité créatrice, appréciait la liberté de travailler sans penser constamment au résultat.

— Venons-en aux faits, dit-il le lendemain à Réal. Je vends le magasin. Pour que ce soit rentable, il me faut un montant substantiel.

— C'est entendu. La ferme est vendue, l'argent est à la banque. En dépit de l'insistance des démarcheurs, je me suis abstenu de tout investissement à la bourse. J'étais habitué à la ferme. Les vaches produisent du lait, donnent naissance à des veaux. Je déteste jouer avec les chiffres. Nous nous mettrons d'accord sur un prix et la moitié sera à ta disposition tout de suite. Le reste te sera remis annuellement avec les intérêts fixés par la banque.

Didier s'empressa de communiquer la nouvelle à sa femme.

— Qu'est-ce que tu attends ! s'exclama Ilona. Signe, prends l'argent et reviens vite. Nous n'avons pas de temps à perdre.

Didier admirait la persistance de Réal. Un homme qui tente de remplir son existence afin d'éviter tout retour en lui-même. Il lui fit part de son accord et ils s'entendirent sur les conditions. Le notaire n'avait qu'à préparer les documents et, de retour à Montréal, il signerait sans attendre. Son père l'avait depuis longtemps désigné comme héritier à condition qu'il s'occupe de sa mère. Celle-ci, le regard à peine plus animé, se laisserait servir par une dame engagée par Réal. Elle obéissait déjà comme une enfant, avalait surtout des liquides, et mettait un temps infini à mâcher de petits bouts de pain.

∾

À Montréal, Sydney semblait bien à l'aise avec Ilona. Il l'écoutait et signalait son consentement en baissant sa tête. Elle fit noter à Didier la marche à suivre. Acheter chaque jeu à forfait pour un montant qui devait sembler substantiel et prévoir un pourcentage des bénéfices quand le niveau de vente serait élevé. Prévoir encore un petit pourcentage qui attacherait l'auteur-fournisseur à l'entreprise. On lui offrirait une installation confortable pour faciliter son travail.

— J'ai confiance, affirma-t-elle. Toutefois, il faut d'abord nous protéger des concurrents. En créant des rapports quasi familiaux avec Sydney, nous assurons l'avenir. Ça ne nous empêchera pas d'engager d'autres artistes. Les rêveurs sont nombreux. La plupart ne soufflent que du vent avec une prétention sans mesure. Des fumistes qui dissimulent parfois des escrocs. Nous serons sur nos gardes. Il importe de partir d'un bon pied et de ne pas manquer de vigilance. Nous multiplierons les efforts et les démarches pour nous faire connaître et nous imposer.

Elle repéra le rez-de-chaussée d'un duplex, rue Saint-Paul dans le Vieux-Montréal. Cela marquerait leur vision de l'avenir sans qu'ils aient à se départir d'une fidélité aux traditions, à un passé aussi vague fût-il. Sydney pourrait loger à l'étage s'il le désirait.

— A-t-il une copine? demanda Didier.

— Oui, apparemment. Mais rien de bien solide. Une vague comédienne qui rêve d'être une vedette à Hollywood. J'ai eu le temps de bien la regarder. Ordinaire. Le risque est minime, mais nous ferons attention. Ses parents divorcés la soutiennent à tour de rôle. Elle ne veut pas vivre en couple bien qu'elle ne coure pas la galipotte. Sydney fait l'affaire. Il est présent, constamment disponible et sans exigence.

La réussite

Bientôt, les événements se précipitèrent. Le notaire vint à Montréal pour faire signer les documents de la vente du magasin à Réal. Il détailla les implications. Ilona, sans en avoir l'air, suggéra des modifications en posant des questions. «Elle est coriace», se dit Didier avec satisfaction. Réal, qui accompagnait le notaire, ne disait mot.

Quelques jours plus tard, il appela tôt le matin et, la voix caverneuse, annonça:

— Ta mère s'est éteinte dans son sommeil.

Didier demeura sans voix. Il était un fils et il aimait sa mère comme il le devait. Il ne ressentait pourtant pas la perte. Il se sentait coupable de penser que son départ était un soulagement. Elle lui avait signé, dans un état d'absence, une procuration et il avait toute la liberté de disposer de la propriété.

Selon les instructions de Didier, le notaire avait mis au point les arrangements de la succession. Pour vivre, sa mère disposerait d'un montant mensuel prélevé sur la somme remise chaque mois par

Réal. Sa disparition rendait caduque cette condition. C'était clair et très simple désormais. Réal
était la seule présence à Joliette et Didier pouvait
dicter ses exigences.

— Rends-toi tout de suite à Joliette, dit Ilona.
Je te rejoindrai demain pour les funérailles.

Il décida de ne pas faire exposer sa mère. Il la
regarda allongée et eut le sentiment d'être devant
une étrangère. Il soupira profondément devant
les employés du salon funéraire qui fermaient le
cercueil. Les visiteurs n'allaient pas tarder. Il s'age-
nouilla devant le cercueil fermé. Il s'en voulait de
ne rien ressentir. Il perdait sa mère comme il avait
perdu son père. Elle avait suivi son mari, se dit-il.
Elle ne l'avait jamais vraiment quitté, au fond. À
sa mort, elle s'était plongée dans un sommeil dont
elle ne s'était pas réveillée.

Réal, hébété, plus affecté que le propre fils de
sa tante, décida de fermer le magasin le jour des
funérailles. La foule était plus éparse qu'à celles
de son oncle. Didier s'expliquait son absence de
tristesse par la rareté de véritables échanges entre
lui et ses parents. Il faisait preuve de dévouement
et manifestait une affection de façade. Sa mère le
soignait quand il tombait malade, était présente,
l'entourait. Maintenant, il n'avait plus l'obligation,
la charge de s'en occuper.

Au lieu que ce soit un soulagement, cela faisait
naître en lui une sensation de vide. Il n'éprouvait
plus la liberté qu'il croyait avoir la veille. Le soula-

gement qu'il espérait céda la place à une obscure désolation, un inexplicable sentiment de solitude. Seul ? Il l'avait toujours été et il ne le déplorait pas. Oui, bien sûr, Ilona était entrée dans sa vie, mais, face à lui-même, il n'était qu'une ombre.

De retour à Montréal, il se plongea dans le travail pour ne pas penser. Le souvenir de sa mère, un mal et une souffrance, remontait à la surface à des moments inattendus. Il l'avait perdue sans l'avoir connue, s'abstenant de recevoir l'amour qu'elle lui prodiguait, sans jamais parvenir à le percevoir, à le mettre en évidence, au grand jour.

Ses rapports avec Ilona alternaient entre l'argent et le sexe. Ils faisaient moins souvent l'amour, plus qu'une ou deux fois par semaine, avec appétit, mais sans l'empressement du début. Ils étaient mariés et, par conséquent, proches. Ils ne songeaient ni l'un ni l'autre à l'infidélité, car l'attrait qu'exerceraient d'autres hommes ou d'autres femmes ne les touchait pas. Ils remplissaient leurs rôles d'époux, un état qui leur laissait tout le loisir de bâtir la fortune qui était leur préoccupation essentielle.

Les circonstances leur étaient favorables et leurs efforts, leur assiduité, leur inlassable recherche étaient récompensés. Néanmoins, ni l'un ni l'autre ne croyaient en la chance. Ils ne se fiaient qu'à leur travail. Leur compte de banque se gonflait et les sommes remises régulièrement par Réal prenaient l'air d'un ajout, d'un supplément. Ce fut Ilona qui, la tenant pour acquise, annonça sa décision de déménager. Didier opta d'abord pour un cottage à Pointe-Claire ou à Saint-Lambert, au bord de l'eau. Ilona s'y opposa : ils n'allaient pas s'égarer et se perdre dans les banlieues. Son premier choix : Mont-Royal, un quartier riche et nouveau avec une population diverse. Outremont serait trop familier et Westmount trop traditionnel. Elle était rapide, expéditive dans ses choix et ses décisions. Didier était généralement passif ; ses goûts, ses désirs et ses envies surgissaient parfois tardivement et inopportunément pour sa femme. Il lui obéissait et reconnaissait son talent et la qualité et la justesse de ses choix. Ses décisions étaient pesées et rationnelles.

Le cottage qui eut ses faveurs était vaste, ensoleillé, isolé des voisins par des arbres et des pelouses. L'agent immobilier voulut les rassurer. À gauche, un médecin, et à droite, un avocat. On ne pouvait mieux tomber, insista-t-il. Ils s'en souciaient très peu, car ils n'avaient ni le goût ni l'intention de nouer des relations avec les voisins.

Un samedi après-midi, Didier accompagna sa femme chez Roche Bobois pour choisir les meubles. Ils ne faisaient pas attention aux prix, leur compte de banque ne baisserait qu'imperceptiblement, car les bénéfices s'accumulaient. Il confièrent le déménagement à une entreprise et en engagèrent une autre pour la décoration et l'aménagement. «C'est un métier», expliqua Ilona.

Son choix : Rémi, un homme dans la quarantaine, un artiste, affirmait-elle. Il dressa la liste de ce qu'il fallait acheter. Rideaux, tapis, miroirs, indiquant les entreprises où ils les trouveraient. Totalement confiante, Ilona lui attribua la tâche de faire les commandes.

Au bout d'un mois, la maison était toute parée. Mais Didier avait du mal à s'y sentir chez lui. Il se réfugiait à la cuisine pour lire le journal et écouter la radio. L'énorme écran de télévision du salon lui semblait appartenir à un établissement public, hôtel ou restaurant.

Sans s'arrêter aux détails, Ilona étendait son regard sur l'ensemble et s'exclamait : «C'est immense!» Et puis, s'expliquant sans s'excuser, ajoutait : «Ç'a été mon rêve depuis des années. Une propriété à moi... à nous!»

Didier n'osait pas avouer qu'il n'en percevait pas la beauté, qualité indéfinissable pour lui. À vrai dire, il ne se sentait pas à la hauteur pour faire état d'un sentiment et encore moins d'une opinion. Il cherchait vainement un coin où il se sentirait véritablement à l'aise. Même la salle de bains s'étendait au point où il se demandait s'il y était vraiment seul, à l'abri d'une inspection, d'une intrusion soudaines.

«Nous sommes en possession de ce que nous souhaitions», affirmait Ilona sans le convaincre. «Notre travail porte des fruits.» Il la retrouvait au lit, pas convaincu de retrouver une intimité égarée.

À peine finissaient-ils de faire l'amour qu'Ilona rappelait les rendez-vous et les tâches du lendemain. Le sommeil, même récalcitrant, était l'ultime refuge de Didier, le dernier recours.

— As-tu remarqué comme les prix de l'immobilier sont en hausse? demanda Ilona.

— Non. Pas vraiment, répondit-il, se demandant en quoi cela devait l'intéresser.

— Il va falloir varier nos investissements. La technologie, aussi étendue qu'elle soit, se bute à ses propres frontières. Je ne crains pas pour nous. Nous n'allons pas lâcher Sydney. Au contraire. Il serait cependant temps d'acheter des immeubles au lieu de laisser dormir notre argent à la banque.

Elle mit rondement son projet à exécution. Comme d'habitude, Didier approuvait en silence, ne sachant quel parti prendre. Il faisait confiance à sa femme. La semaine suivante, les agents immobiliers multipliaient les appels, certains campaient au bureau avec force photos, détails sur les prix et les coûts des hypothèques. Ilona se laissa séduire par un immeuble d'appartements rue Saint-Marc, à l'angle du boulevard de Maisonneuve, et un centre commercial à Saint-Martin.

Ilona demanda une journée de réflexion. Didier était un interlocuteur inutile, dépourvu d'opinion. Elle ne s'en plaignait pas. Elle était au contraire heureuse de ce partenaire qui lui laissait toute la liberté de choisir et de décider. Or, cette fois, elle traversait un moment de doute.

Comment évaluer la conjoncture, deviner l'avenir? C'était la condition de toute réussite. Perdre de l'argent était, pour elle, contre-nature et surtout bête. L'immeuble au centre-ville était un investissement qui présentait un minimum de risques. Par contre, les bénéfices retirés seraient limités. Elle en confierait la gérance à une entreprise qui prélèverait une commission. Ce serait un investissement équivalent à un placement bancaire.

Par contre, Saint-Martin, dans la nouvelle agglomération de Chomedey, surtout peuplée d'immigrants, serait plus aléatoire. Cela présentait des risques, mais offrait de grandes possibilités d'expansion. Ce fut Didier qui souligna la seule objection : il leur faudrait se charger eux-mêmes de la gérance. Faire la promotion, accueillir les commerçants qui y installeraient des boutiques, rechercher la diversité : restaurants, épiceries, magasins de vêtements, de chaussures. Ils pourraient, éventuellement, se réserver eux-mêmes un magasin ou deux.

Cela plaisait à Didier qui ne songeait qu'à se plonger dans un travail qui absorberait son énergie et lui éviterait l'ennui. Mais la distance était un grand obstacle. Il mettrait une heure pour s'y rendre et une autre pour rentrer. Pour Ilona, la solution était toute trouvée : engager un chauffeur à qui l'on confierait d'autres tâches aux heures d'attente. Bienvenue à Saint-Martin! « Nous serons des propriétaires. »

Aussitôt dit, aussitôt fait. Le chauffeur engagé, Arthur, était un homme de trente ans. À huit heures, il venait chercher Didier pour le conduire à Saint-Martin. Celui-ci lui confiait des travaux dans les magasins vacants ou en relocation, le chargeant également de certaines investigations sur certains locataires.

Le long du trajet, Arthur ne posait pas de questions, mais se racontait librement, d'abondance. Né à Sudbury, de parents originaires de Montréal et qui y étaient revenus à la retraite de son père, il avait fait, quant à lui, la grande rencontre de sa vie. Une Italienne. Elle lui avait fait le don d'un fils qui avait trois ans. Une grande bénédiction ! Elle attendait un deuxième enfant.

Être père, disait-il, était une grande aventure, la seule qui compte. Sans enfant, la vie ne vaudrait pas la peine. Se rendant compte que son patron n'en avait pas, il se hâta d'ajouter afin d'éviter de l'offusquer :

— Je sais que vous en aurez. Vous attendez que l'heure sonne et Dieu vous accordera cette bénédiction.

Le lendemain, ses propos étaient différents. « Je ne peux pas m'empêcher de bâiller. Je vous prie de m'excuser. Le petit nous a fait passer une nuit blanche. Il n'arrêtait pas de pleurer. Je ne sais pas ce qu'il avait mal digéré. Il a fini par s'endormir. »

Tous les jours, Arthur faisait le récit des exploits de son fils, ses trouvailles, ses espiègleries.

Un soir, faisant part à Ilona des propos du chauffeur, car sa participation à la conversation était très réduite, il posa à haute voix la question qui le hantait :

— Et si nous aussi décidions d'avoir un enfant ?

Ils avaient toutes les possessions et un enfant serait une nouvelle conquête. Ilona ne répondit pas, mais quelques jours plus tard, elle annonça :

— J'ai arrêté de prendre la pilule.

Mû par l'un de ses rares élans physiques, Didier la serra dans ses bras.

— Nous allons faire plus souvent l'amour, proposa-t-il.

— Si tu veux. Mais il suffirait de le faire au bon moment.

Apaisés, comblés tous les deux par les créations de Sydney et les perspectives de Saint-Martin, ils n'y firent plus allusion. Quelques semaines plus tard, Ilona, qui constatait avec inquiétude que ses règles ne s'arrêtaient pas, décida de consulter un médecin. Didier l'accompagna. Le docteur demanda à Didier de lui soumettre un échantillon de sperme et lui exposa le résultat au microscope. Les spermatozoïdes étaient vigoureux, abondants, on ne peut plus normaux.

Soumise au test, Ilona était tout aussi normale. Rien ne s'opposait à la conception et ils n'avaient qu'à poursuivre leurs efforts.

Didier se demanda si son désir de paternité dépassait la curiosité et une aspiration d'être comme les autres. Ilona se souciait davantage des changements physiques qu'elle subirait, le grand bouleversement que cela imposerait à son travail et tout simplement à son quotidien. L'évocation du sentiment maternel la faisait sourire. Elle était bien dans sa peau, jouissait de la présence d'un partenaire qui ne la contredisait pas, qui n'était exigeant ni au lit, ni à la table. Mais elle avait horreur de passer pour anormale, victime d'un manque, d'une incapacité.

La fête d'Erna

— Tu ne devineras pas qui a appelé, dit-elle à Didier qui revenait de Saint-Martin.

— Non. Nous avons trop de projets.

— Je ne parle pas d'affaires.

Elle laissa passer quelques secondes avant de s'exclamer :

— Erna ! oui Erna, celle d'Edgar.

— Ça fait des années qu'elle est partie sans laisser d'adresse. Et comme d'habitude Edgar est par monts et par vaux.

— Il revient cette fin de semaine. Il fallait que ce soit elle qui me l'annonce…

— Ils ne s'étaient pas remis ensemble…

— Non. Pas encore, en tout cas. Mais ils communiquent régulièrement sur internet. Elle m'a fait le récit de sa vie au cours des dernières années. Je ne sais pas si tu t'en souviens. Elle avait largué Edgar brutalement. La veille, elle chantait son amour et le lendemain elle n'était plus là. Ni vue ni connue, elle s'était envolée.

— Avec un Africain.

— Non, un Sud-Américain. Bolivien ou Colombien. Elle avait fait sa connaissance au restaurant où elle était hôtesse. C'était la découverte du monde, celle de son corps et du sien. Ça a duré trois mois. Le don Juan en question, mari et père de trois enfants, avait regagné son foyer sans laisser d'adresse. Elle espérait son retour, attendait en vain. Elle avait tenté de relancer Edgar, mais il était loin, au Brésil. Je crois que son Roméo l'avait engrossée et qu'elle s'était fait avorter. Elle y a fait allusion en déplorant l'existence des hommes ignobles qui abusent de l'innocence et de la naïveté des femmes. Elle m'a retenue une heure au téléphone.

— Et Edgar, il débarque d'où?

— Du nord du Brésil, de Belém, en Amazonie. Depuis quelque temps, il recherche les lieux les moins fréquentés au monde non pour leur exotisme, comme il faisait auparavant, mais pour l'opacité dans laquelle ils baignent. Belém. Il proposera des articles, des émissions à la radio, des vidéos pour la télévision et internet.

— Il ne reviendra pas avec une femme dans ses bagages, en tout cas. Il affirmait qu'il les ramassait en route et, avant son départ, pour ne pas s'en encombrer, les ramenait chez elles.

— Ce n'est peut-être pas le cas d'Erna. On va voir.

— Et c'est justement elle qui nous convie... chez mes parents pour fêter le retour d'Edgar!

Quand Didier et Ilona sont arrivés, les parents, à la retraite depuis six mois, les ont accueillis sans grande chaleur. Didier attribua cette attitude à leur silence, à Ilona et lui, depuis des mois, et à leur absence aux repas du dimanche. Ilona n'avait pas l'air de se rendre compte de la froideur de la réception. Cela l'aurait de toute façon laissée indifférente. Le lendemain, Didier lui signala le vieillissement marqué du couple. «Ça arrive à tout le monde», se contenta-t-elle de remarquer.

À peine s'étaient-ils installés qu'Erna s'enferma dans la salle de bains pour en sortir bientôt fraîchement maquillée. «Comme si elle quittait le salon de coiffure», pensa Ilona qui déplora son manque de temps pour s'y rendre depuis plusieurs semaines. Mais à quoi bon? Personne, à commencer par Didier, ne se préoccupait de ses cheveux.

Erna, agissant comme si elle se trouvait chez elle, se précipita pour l'embrasser. Ne l'ayant vue que deux ou trois fois depuis qu'elle avait mis la patte sur son frère, Ilona ne l'aurait pas reconnue, se dit-elle, si elle l'avait croisée dans la rue. Didier sembla plus sensible à l'embrassade d'Erna, sans doute à cause de son parfum qui le comblait de plaisir. Ilona, elle, n'en utilisait aucun.

— Edgar a téléphoné de l'aéroport, dit Erna avec enthousiasme. Il ne tardera pas.

— L'avez-vous vu récemment? s'enquit Ilona

— Non, dit la jeune femme d'une voix subitement éteinte. Ça fait près d'un an qu'il est parti et ça fait des années qu'il ne passe que peu de temps à Montréal, entre deux expéditions. Il se déplace avec si peu de bagages! Mais je ne manque aucun de ses articles dans les magazines, ni ses émissions à la radio. Nous correspondons régulièrement depuis un an par courriel. Quasi quotidiennement. J'ai très hâte de le voir. Je suis émue. Ça doit se voir...

Personne ne réagit et Didier éprouva le besoin de ne pas laisser le silence s'installer trop longtemps.

— Et vous continuez votre travail?

— D'hôtesse? Oui. Au restaurant de l'hôtel Bonaventure. Vous devriez venir. J'avais arrêté pendant quelques mois.

— Et Edgar, a-t-il l'intention de s'installer pour de bon chez lui, à Montréal?

— Peut-être. Je crois. Il vous le dira lui-même.

On sonna à la porte et Erna courut pour ouvrir. Ce n'était pas Edgar, mais Rodney, qui s'excusa de le précéder.

— Ça fait tellement plaisir de se retrouver ici, ajouta-t-il.

Il serra les mains des parents d'Ilona, celles d'Erna et d'Ilona, et donna l'accolade à Didier.

— Quelle joie de te retrouver! Tu n'as pas changé.

— Toi non plus, mentit Didier. Car Rodney avait la tête dégarnie et présentait un ventre proéminent.

— Tu me reconnais? demanda Erna, toute souriante en s'avançant vers lui.

— Évidemment. Je croyais que...

— Oui. J'étais stupidement partie. Mais grâce à internet, j'ai retrouvé Edgar. Nous nous écrivons tous les jours. Heureusement qu'il comprend mon erreur. Je ne lui demande pas de me pardonner. J'ai été suffisamment punie. Une catastrophe. Voulez-vous boire quelque chose?

— On va attendre Edgar, intervint la mère d'Ilona, irritée.

— Ne vous dérangez pas, madame, dit Erna. Je vais m'en occuper.

On entendit un bruit derrière la porte. Erna s'empressa d'ouvrir avant qu'Edgar n'ait eu le temps de sonner. Elle le débarrassa de sa valise et se précipita dans ses bras. Il l'embrassa sur la bouche. «Sacré Edgar», pensa Didier. «Il ne laissera jamais filer une femme.»

Puis, Edgar s'arrêta au milieu du salon.

— Permettez-moi de déguster ce rare moment... Didier et Rodney! Un miracle!

Tous les trois s'embrassèrent.

— Nous sommes là, dit Didier. Constants. Permanents.

— Toujours, renchérit Rodney.

— On ne change pas! s'exclama Edgar, comme pour démentir les faits. Il n'avait pas engraissé et conservait tous ses cheveux maintenant devenus gris. La peau halée, des rides.

Les trois hommes auraient tout le loisir de se raconter. Ils s'examinaient, s'inspectaient, et Didier se demandait si sa fortune se lisait sur son visage. Ilona se tenait sur un quant-à-soi manifeste qui déplaisait à ses parents et à son frère.

— Tu vas nous raconter tes exploits, lui dit-elle.

— Je dois d'abord dormir. Je suis épuisé. J'ai surtout besoin de m'étendre. Mon mal de dos me rappelle à l'ordre.

— Tu vas tout de même manger, proposa sa mère.

— Je vais préparer les choses, dit précipitamment Erna, si vous voulez bien, madame.

— C'est déjà prêt. Merci.

Rodney posa son bras sur les épaules d'Edgar.

— Quelle chance ! Tu vas tout nous dire.

— Vous avez lu ses articles ? intervint Erna.

— Bien sûr, mais ce qu'on veut savoir, c'est ce qu'il ne veut pas ou n'ose pas révéler au public.

— Des futilités, dit Edgar. Mais vous aussi vous allez me raconter. Toi, Didier, c'est la grande fortune, l'argent.

— Si tu veux, répondit Ilona avec un sourire de satisfaction. Tu viendras nous rendre visite.

— Et toi, continua-t-il, en se tournant vers Rodney, c'est l'édition.

— Pas tout à fait. Le livre et, de plus en plus, ce qui le remplace. Depuis quelques semaines, je m'intéresse à l'écologie. Je souhaite que la terre soit habitable pour la prochaine génération.

— C'est passionnant et nécessaire, dit Edgar sur le ton d'un professeur qui incite un élève à poursuivre.

— C'est surtout ardu et décourageant quand, par ailleurs, l'avenir du livre n'est pas assuré. C'est bien loin de la finance.

— Là aussi, intervint Ilona, il y a des hauts et des bas.

— Le journalisme, par contre, reprit Rodney en regardant Edgar, est une constante exploration.

— Sauf qu'il ne reste rien à explorer, à part des futilités.

— Quand même, protesta Erna, tu reviens de Belém et ce n'est pas rien.

— Justement, je suis allé à Belém, car je cherchais un coin qui n'est pas encore investi par les touristes. Je n'allais pas faire découvrir aux lecteurs les plages de Copacabana ou les gratte-ciel de Sao Paulo. J'ai d'abord pensé à Manaus, sauf que l'aventure du caoutchouc est devenue un mythe. J'aurais pu aller à la rencontre des tribus indiennes dans la forêt amazonienne, mais je n'en avais ni l'énergie, ni la santé. Belém était le compromis : au bord de l'Amazone, mais avec un grand aéroport, un vol direct de New York. Heureusement, un musée peu connu et un parc découpé dans la forêt amazonienne donnent à la ville son intérêt, sinon son caractère. Une véritable existence. Je vais en parler en me demandant qui cela peut intéresser. Au musée, j'ai examiné des flèches de toutes sortes. Certaines, m'a dit le directeur, étaient imbibées de poison, du curare. Il a ajouté : «Celle que vous venez de manipuler ne l'était pas, sinon vous seriez mort!» «Ainsi, lui ai-je dit, chaque visiteur pénètre votre établissement au risque de sa vie?» «Oui, s'il se met à manipuler les flèches. Les enfants mal élevés sont punis.»

— Et le parc? s'enquit Rodney.

— Des plantes, des fleurs exotiques dont on trouve les descriptions dans les livres de biologie. Ce qui me poursuit encore est le bruit infernal des perroquets et d'autres oiseaux. J'avais hâte de me retrouver au grand air. La forêt, même en miniature, est un enfermement. Et j'allais oublier l'horrible, l'insupportable humidité. Je transpirais et j'avais du mal à respirer. Mon avion partait à trois heures du matin. Belém n'est qu'une escale. Une exploration? Peut-être. Celle de la population.

Erna, désemparée, se leva.

— Je dois vous quitter, annonça-t-elle.

«En dépit de tous ses efforts, elle se sent de trop», pensa Ilona. C'était une ultime tentative d'affirmer, d'imposer sa présence. Edgar, qui l'avait si fortement embrassée, ne la retint pas.

— Je te téléphonerai demain et on se verra, lui dit-elle.

— Bien sûr. C'est si gentil d'être venue.

— C'était la moindre des choses.

«On tombe dans les politesses, pensa Rodney. Edgar est facile à accrocher, mais pour le retenir...»

— Je suis épuisé, dit Edgar. Excusez-moi.

Il se dirigea vers sa chambre, demeurée identique à celle de l'étudiant qu'il avait été.

— Vous n'avez rien mangé ! protesta sa mère.

— La prochaine fois, s'excusa Rodney.

— On vous ramène, proposa Ilona.

— Merci. Vous me laisserez à mon hôtel, avenue du Parc.

— Vous pouvez dormir chez nous, dit Ilona. Nous avons de la place.

— Merci. Demain je dois voir des gens à Montréal. Je ne viens pas souvent ici.

LE RÉCIT D'EDGAR

Lucile

J'ai été dérouté, soufflé par le mariage de Didier et d'Ilona. Je peux même dire que j'ai été accablé : un rapport absurde, un lien incompréhensible et, j'osais à peine me l'avouer, déplorable. Je n'en ai rien fait paraître aux intéressés, à Rodney ou à la famille. Après tout, Didier est l'un de mes meilleurs amis et Ilona est ma sœur. Oui, je le répète, ma sœur. Nous ne nous sommes jamais querellés ou jalousés. Nous nous parlions à peine. Assurément aux antipodes l'un de l'autre, nous n'avions rien à nous dire. Ilona a été totalement indifférente à ma réaction, que je cherchais à taire, parvenant mal à la comprendre moi-même, à en démêler les motivations.

J'ai été peu enjoué lors de son mariage, pour ne pas dire hostile. Nous levions nos verres, trinquions, nous nous embrassions. L'amour affiché par Didier m'intriguait, mettait en question mes propres sentiments. Je croyais le connaître, ne fût-ce que par l'affection que je lui portais, et grâce au plaisir, au bonheur d'être en sa compagnie.

Que trouvait-il en Ilona ? La désirait-il vraiment ? Certes, l'amour peut être ambigu. Mais le désir ? Ilona était dépourvue de féminité. Oui, des seins, des fesses. Mais ce ne sont que des formes inertes qui ne suscitent aucun émoi. Peut-être y étais-je moi-même insensible, imperméable. J'avais beau faire travailler mon imagination, Ilona gardait son caractère de statue immobile qui n'attirait pas le regard.

Je repoussais le sentiment qu'en me reléguant au second plan, Didier commettait une trahison. Or j'étais prêt, entièrement disposé à lui garder mon amitié intacte, si seulement il éclaircissait l'énigme, rendait compréhensible sa décision de lier sa vie à une femme qui était la négation de la féminité. Elle n'était même pas masculine, car elle aurait ainsi indiqué l'existence d'une féminité niée.

Elle était neutre pour ne pas dire désincarnée. Je ne l'ai jamais entendue émettre un sentiment, exprimer une opinion. Peut-être avais-je pris l'habitude de ne jamais l'écouter, de me tenir à distance. La veille du mariage, pour faire état de ma disponibilité, je lui ai demandé ce qu'elle appréciait en Didier. Elle ne fut aucunement surprise par ma question.

— Il est gentil, paisible et d'accord avec moi.

C'était comme si elle m'annonçait que le soleil allait se coucher et qu'il ne faisait pas froid. La curiosité me poussa à me mêler de ce qui ne me regardait pas.

— Et toi? Es-tu d'accord avec lui?

— Évidemment.

J'avoue que cet échange ne m'avait avancé à rien, que le mystère demeurait entier, et même s'obscurcissait.

～

Vers la fin de nos études, Rodney m'a appris qu'il entendait rentrer à Ottawa, mais que Toronto l'attirait. Il n'avait pas encore choisi. La politique l'aurait intéressé, mais il n'avait pas de dispositions pour les embrouilles qu'il y percevait.

Et moi, qu'allais-je faire? Il fallait que je me mette à gagner ma vie. Il était temps. On affichait à l'École des offres d'emploi. La Presse canadienne cherchait des journalistes. J'ai téléphoné pour me renseigner, ce n'était qu'une simple agence sans autre mission que d'informer. Sans idéologie, sans parti pris. Dire les faits, les exposer et les analyser si nécessaire, sans jamais fournir d'opinion.

Je comprenais mal et j'étais pourtant très fortement attiré. C'était l'idée qu'on pouvait se faire de l'avenir. Connaître le monde, en enregistrer les faits. Je me suis présenté et fus engagé. Les premiers jours furent durs et surtout déroutants. On m'installa dans un coin devant une machine à écrire. Mon supérieur immédiat, le chef de service, me passait des dépêches en anglais et me demandait de les traduire. Des sujets se situant entre l'anodin et l'inattendu. Des faits divers internationaux.

Des récoltes record en Chine, les attraits touristiques en Inde. Une actualité à long terme.

J'étais un débutant et j'étais le bouche-trou. J'exécutais pourtant ma tâche avec diligence. Mon supérieur, dans la cinquantaine avancée, en bras de chemise, les cheveux gris, me parlait en regardant ailleurs, jetant un coup d'œil rapide sur mes traductions avant de les placer dans un dossier. Sans commentaire. Au bout de deux semaines, il me remit des articles de quotidiens torontois, le *Toronto Star* surtout, des analyses économiques et politiques internationales ; j'apprenais au fur et à mesure les noms des villes d'Asie et d'Afrique. Je ne les visualisais pas, mes facultés d'imagination et de rêve n'étant ni vives ni fécondes. «Je visiterai un jour le Kenya et le Pérou», me disais-je, pris, un moment, par un excès de curiosité.

Mes collègues étaient interchangeables et, en fait, en constante circulation. Des hommes de mon âge, parfois un peu plus âgés. Toujours pressés, ils n'avaient pas de temps, pas pour moi en tous cas. Une exception : Lucile. Une femme dans la trentaine, avec l'élégance d'une maîtresse d'école. Des tailleurs gris et des chemisiers blancs. Jamais de maquillage. Ce fut elle qui m'interrogea. D'où je venais, ce que je souhaitais faire dans la vie. Elle m'apprit qu'elle venait de divorcer.

Un soir, nous quittions ensemble le bureau et, sans réfléchir, je lui ai proposé de prendre un café. Elle a accepté avec un visible enthousiasme. Assise en face de moi, elle m'offrait tout le loisir de la regarder, d'examiner son visage et son corps. Des yeux bleus, de petites pommettes saillantes, des doigts minces, raffinés. Une poitrine pas très grosse, visible toutefois.

Nous prîmes vite l'habitude de terminer la soirée ensemble, une ou deux fois par semaine. Elle parlait peu d'elle-même et encore moins de son ex-mari. Un homme ordinaire, sans intérêt, se contenta-t-elle de dire quand je l'interrogeai à son propos. Elle m'apprit un soir que c'était son anniversaire et nous avons remplacé le café par du vin.

Ce fut le début. Je l'ai raccompagnée chez elle. Elle occupait un petit appartement près du métro Atwater. Elle me proposa de monter et, une fois la porte fermée, elle m'entoura de ses bras. Son désir exacerbé par des semaines d'abstinence la poussa à prendre elle-même l'initiative de me déshabiller et de m'entraîner au lit. Me voyant trop novice pour la dévêtir, elle m'épargna la tâche en se retirant dans la salle de bains et en en sortant toute nue.

C'était délicieux. Elle me montrait le chemin, plaçant mes mains sur ses seins, ses fesses, m'entourant de ses cuisses, me recommandant de ne pas me presser, de ralentir, de l'attendre.

— Tu es un bon amant, conclut-elle en riant. Tu as un grand potentiel.

— On recommence? suggérai-je.

— Je l'espérais. Tu y prends goût et moi aussi.

Du coup, le bureau me sembla vivant, accueillant. Les collègues soupçonnaient notre relation, mais choisissaient un mutisme souriant. Lucile était mon aînée de dix ans et cela me comblait, car elle avait tellement à m'apprendre. Elle n'abusait pas de sa supériorité. Ce n'est que plus tard que j'appris que je n'étais qu'un compagnon peu encombrant. Un jeune pris en charge, le substitut d'un fils qu'elle n'avait pas eu et qu'elle ne désirait pas avoir.

Nous passions les fins de semaine ensemble. Des heures au lit, à faire l'amour, suivies de sorties pour faire des emplettes. Nous faisions la cuisine ensemble et, là encore, Lucile exerçait ses talents de pédagogue. Nous ne fréquentions personne, surtout pas de collègues. Elle ne les méprisait pas, ne se sentant ni supérieure ni inférieure à quiconque. Ils ne l'intéressaient tout simplement pas.

Elle me questionnait sur mes distractions favorites et sur mes rêves et m'amenait à formuler des opinions. Mon rêve le plus cher était de passer ma vie avec elle. Elle mettait immédiatement un terme à de telles envolées. J'étais trop jeune et ne disais que des bêtises, objectait-elle. Elle était contente, heureuse que nous soyons ensemble, mais avait horreur des projets.

Durant la semaine, elle passait des heures à des occupations dont elle révélait la substance au compte-goutte. Elle écrivait, téléphonait à des journaux, des magazines, surtout de langue anglaise aux États-Unis et au Canada, leur proposant des projets d'articles et de reportages. Elle se heurtait à des refus, mais réussissait néanmoins à placer certains textes sur Montréal, le Québec et le Canada.

Elle entreprit ensuite des visites aux stations de radio et de télévision et, ses articles publiés en mains, elle y proposait ses services.

— Tu devrais procéder de la même manière, sans perdre de temps, me disait-elle.

Elle m'indiquait les magazines et les journaux susceptibles de s'intéresser à mes propositions. J'avais le sentiment que j'étais en train de faire, pas à pas, mon entrée dans le monde de la presse. Dès mes premières démarches, j'ai réussi à placer un article sur les Italiens et les Grecs de Montréal. Cela me forçait d'aménager mon temps pour assister à leurs réunions et d'explorer ainsi les dimensions de la ville. Lucile admirait sinon ma perspicacité, du moins ma persévérance.

— Tu sais révéler les points cachés, ignorés du paysage. Tu es un journaliste dans l'âme et je te prédis que tu iras loin.

Nous faisions les bilans de nos réussites et de nos échecs. J'étais toujours l'élève suspendu aux lèvres du maître.

— Ça mène à quoi le journalisme ? demandai-je à Lucile.

— Ça te permet de connaître le monde. D'abord grâce aux dépêches et aux reportages avant de te mettre à le parcourir toi-même. Tu n'as pas l'intention de passer ta vie à Montréal? Le monde est vaste et c'est à toi de l'apprivoiser, de t'y insérer pour en faire état et récit.

Elle me laissait entendre que son intention était similaire. Mettre d'abord de l'argent de côté et accumuler les possibilités de placer des articles. Nous étions tous les deux des salariés de la Presse canadienne. Nous désirions tous les deux être de vrais journalistes. Il ne s'agissait pas, en plaçant ailleurs des articles, de suppléments mais plutôt d'un choix inconscient d'avenir. À force d'être publié, mon nom serait reconnu et la vente des articles serait moins compliquée. On me ferait même des offres.

— J'ai perdu trop d'années dans un mariage insignifiant. Toi, tu te mets en route à l'âge où il est propice de le faire.

Je ne lui ai pas demandé si elle avait elle-même l'intention de partir en voyage. Il était évident qu'elle attendait le moment opportun. Je la comprenais si bien: moi aussi je m'imaginais en Afrique, en Amérique du Sud pour découvrir, révéler, interpréter.

Ainsi, le monde n'était pas une énigme, mais un livre grand ouvert. Il suffirait d'apprendre à en déchiffrer l'écriture et de la traduire. Quand je proposais des articles sur le Canada, le Québec ou Montréal, on m'écoutait pour me dire que c'était intéressant, mais que les livres qui leur étaient consacrés abondaient. Il fallait aborder des aspects nouveaux pour retenir l'attention d'un public fortement sollicité. Les Amérindiens? On s'y attarde trop et on finit par en éteindre l'intérêt.

Un jour, je lus dans un article que j'avais à traduire le nom de groupes dont je n'avais jamais entendu parler: les Hutterites, les Doukhobors. J'en ai fait mention à Lucile. Elle m'a appris qu'il s'agissait de gens bizarres qui se croient détenteurs de vérités religieuses indiscutables et insurpassables. Ils étaient trop étranges pour l'attirer. Elle me suggéra de profiter de mes moments de congé ou de vacances pour aller passer quelques jours chez les Hutterites en Alberta et les Doukhobors à Vancouver. Cela me ferait découvrir le Canada que j'avais tort d'ignorer.

J'ai répliqué que je m'intéressais à mon pays autant qu'à d'autres et que ce n'était ni un privilège, ni une tare d'être né dans un pays où les gens ne se sentent pas d'abord montréalais, québécois ou africains. J'ai fait exprès de faire mention spécifiquement de l'Afrique, car cela faisait des semaines que j'apercevais sur son bureau des lettres provenant de ce continent qu'elle plaçait dans un tiroir dès quelle surprenait mon regard. L'Afrique la fascinait. C'était manifeste par les émissions de télévision qu'elle choisissait et les articles de magazine qu'elle lisait. Quant je lui en fis la remarque, elle répliqua abruptement que l'Afrique l'intéressait autant que l'Asie ou l'Amérique et que tout journaliste qui se respecte tente de découvrir le monde pour le faire connaître aux lecteurs. Une pierre dans mon jardin, car aucun pays ne m'attirait particulièrement.

Lucile prenait trop de place, toute la place, dans ma vie ; cela n'avait pas l'air de lui plaire et elle me faisait taire dès que j'avais l'audace de parler d'amour. « Des mots, soupirait-elle. Des mots… » Et elle se plongeait dans un silence qu'elle m'invitait à ne pas rompre. Elle riait quand je m'exclamais à propos de la beauté de son corps.

— Arrête de dire des bêtises.

Et quand j'y revenais quelques jours plus tard, je la mettais en colère. Quand nous faisions l'amour elle prenait elle-même les initiatives et se laissait aller librement, sans restriction. Mais les mots étaient tabous. Il ne fallait surtout pas dire mon désir, ma volonté de la garder, de vivre avec elle indéfiniment. Nous étions un couple, disait-elle. Oui, mais pour combien de temps ?

Il était clair qu'elle repoussait tout engagement, que ce soit avec un homme, une fonction ou un emploi. Elle me le faisait comprendre, me le signifiait ouvertement, mais j'étais obtus, car je refusais de comprendre. Nous étions bien ensemble. Cela devait me rendre heureux.

Un jour, je m'étais arrêté avec elle devant un enfant qui se roulait par terre. Sa mère ne parvenait pas à le calmer.

— Un enfant peut être vraiment terrible, remarqua-t-elle. Ça peut nous empêcher de mener librement notre vie. Je le dis pour toi et tout autant pour moi.

Je lui ai alors demandé si son ex-mari désirait avoir un enfant.

— J'ai tout oublié. C'est si loin, fit-elle, mettant ainsi fin à toute interrogation.

Ce qui me surprenait, c'était sa réaction quand je regardais une autre femme dans un restaurant, dans la rue.

— Elle est jolie, n'est-ce pas? disait-elle dans un mélange de reproche et de colère voilée. Elle est de ton âge, ajoutait-elle, quand la femme était plus jeune qu'elle.

Son ironie glaciale m'effrayait. M'était-il ainsi interdit de regarder une autre femme en sa présence? Il est vrai que, pour sa part, les hommes, jeunes ou vieux, la laissaient indifférente. Courtoise, son amabilité professionnelle traçait les limites de son rapport avec l'interlocuteur. En public, il n'était certainement pas évident que nous étions ensemble, que nous passions nos nuits dans le même lit. Nous étions des collègues, des amis. Elle imposait les règles de mon comportement.

Un jour, elle revint à la charge.

— Tu devrais songer à préparer ton séjour chez les Huttérites.

Elle me passa un article d'un journaliste albertain qu'elle avait traduit en français.

— Écris-lui et demande-lui des renseignements. Les vacances approchent et il n'est pas question d'un séjour à la plage, ni pour toi, ni pour moi.

L'exploration

J'ai écrit à Norman Edwards, le journaliste dont Lucile m'avait communiqué l'article, lui exposant mon projet de visiter les Hutterites, lui demandant des conseils pour me mettre en contact avec eux et le priant de m'indiquer un hôtel modeste. Sa réponse fut immédiate : il me proposait de me piloter lui-même. J'ai choisi la date. Fin mai.

Edwards était à l'aéroport de Calgary. Dans la soixantaine, cheveux gris, portant un carton affichant mon nom. Il me conduisit à un Holiday Inn, me prévenant qu'il avait pris un rendez-vous avec le groupe pour moi.

À l'entrée de la grande ferme, je fus accueilli par un homme barbu, pantalon et chemise blancs. Je l'ai accompagné à son bureau où il m'a offert du thé. J'étais très loin non seulement de Montréal ou du Canada, mais de tout ce que j'avais connu auparavant. Dans cette ferme collective, l'enseignement de la Bible primait.

— Pour ne pas être accusés d'illégalité, me dit-il, nous suivons à la lettre le programme scolaire de l'Alberta. Nous ne nous contentons pas de transmettre des valeurs en préceptes et en mots, nous les vivons concrètement. Nous n'avons besoin ni de radio, ni de télévision, ni de cinéma. Notre travail aux champs occupe une bonne partie de la journée et nous nous consacrons à nos enfants, à leur formation, leur santé, leur éducation. Nous consommons nos propres produits : frais et sans produits chimiques.

Il continua :

— Nos filles épousent les garçons qui les entourent et ne font rien pour empêcher les naissances. Nous nous reproduisons selon la volonté divine. Nos fermes sont parmi les plus productives, les plus riches de la province. Bien sûr, nous suscitons des envies, des jalousies et on nous accuse d'accumuler des richesses au détriment des autres.

Il me fit faire le tour de la ferme, des salles de classe, de la salle à manger, de la cuisine. Il me laissa là et j'ai pu m'entretenir avec des jeunes filles qui y travaillaient. Blondes aux yeux bleus, le corps épanoui, affairées et souriantes. Je leur ai demandé si elles étaient contentes de leur vie. Leur réponse était évidente. Elles allaient trouver leurs compagnons sur place, les seuls hommes auxquels elles souhaitaient unir leur existence. Travailleurs, bons maris et excellents pères. Les bruits et les scandales du monde extérieur ne leur manquaient pas.

Mon article traduisit mon sentiment. Ni admiration, ni rejet. Un monde à part que j'observais sans y pénétrer, une forme cohérente de vie que je ne me permettais pas de juger. Je ne disposais pas des moyens de le faire.

Edwards m'attendait au retour et ne fut pas impressionné par mes réactions. Je n'étais pas le premier intrus dans ce monde clos et je n'avais recueilli aucun élément révélateur. Je lui ai précisé qu'en exerçant mon métier de journaliste, j'évitais de mêler mes sentiments aux faits. Je n'avais rien à justifier ou à réfuter.

Mon deuxième groupe serait celui des Doukhobors. Eux aussi réclamaient la reconnaissance de leur spécificité. Ils étaient arrivés au Canada un siècle auparavant pour échapper à la persécution des Russes et des Allemands. Ils avaient conservé leur langue, le frise.

À l'époque, Tolstoï avait défendu leur liberté religieuse. Ils avaient récemment provoqué scandales et moqueries en se mettant nus en public pour signaler leur existence et revendiquer leur liberté de conscience. Il me suffisait de rencontrer deux ou trois ex-membres du groupe qui seraient libres d'en parler. Edwards promit de me fournir leurs coordonnées : une femme fonctionnaire à Ottawa et un poète à Toronto.

Diane

La course pour rassembler des faits ne m'exaltait pas. Un travail aussi fastidieux et non moins ennuyeux que mes traductions et mes adaptations à la Presse canadienne. J'ai téléphoné à une journaliste de Toronto proche du groupe dont Edwards m'avait communiqué le numéro. Elle allait passer la fin de semaine à Ottawa. Nous avons pris rendez-vous au bar du Château Laurier, le samedi après-midi. Une femme de mon âge, élancée, au visage rond, de grands yeux bruns, des cheveux roux.

Suivant son exemple, j'ai commandé un verre de vin. Elle m'apprit qu'elle était traductrice au service du ministère du Patrimoine. Ce n'était pas elle la poète, mais son ancien compagnon Hans. Elle, Diane, était née à Kingston, de parents d'origine allemande et ukrainienne. Elle était tout simplement une Canadienne.

Et les Doukhobors, alors? Une ancienne histoire qui avait mal tourné. Une histoire morte et bien enterrée. Son compagnon, le poète, avait

quitté sa famille à Vancouver et cherchait la réussite et la renommée dans la grande métropole. Il
n'avait pas choisi la bonne méthode. La police
l'avait arrêté pour trafic de drogue.

À la parution de son premier recueil, son père
lui avait reproché de voler les lecteurs, car ses
poèmes n'occupaient que des moitiés de page. Une
fois par mois, sa mère portait une chemise de nuit
avec un trou au milieu, signalant ainsi le rendez-
vous de la procréation. Des anecdotes croustillantes
pour un article qu'elle éviterait d'écrire elle-même.

J'étais attiré par la chaleur de sa voix, son rire
et le choix de ses mots. Je l'ai invitée à dîner avant
que je prenne l'autobus de dix heures pour
Montréal. Elle était enchantée et elle me proposa
un restaurant français au marché. Le repas se
passa très agréablement. À neuf heures et demie,
je consultai ma montre.

— Il y a un autobus qui part à minuit, me dit-
elle, et vous pourrez dormir au cours du trajet.

Nous commencions à peine à nous connaître.
Sa première question : avais-je une compagne ?
Pas vraiment, mentis-je. Une amie qui ne veut pas
d'une véritable relation. Diane me demanda si
notre relation pouvait se poursuivre, se prolonger.
Je l'en ai assurée. Avant de nous quitter, nous nous
sommes embrassés et je me suis senti infidèle à
Lucile, surtout que Diane m'attirait fortement.

Coïncidence ou ironie du destin, à mon retour,
une lettre m'attendait. Lucile m'y apprenait qu'elle

partait à New York d'où elle s'envolerait pour Dakar, réalisant enfin son rêve, son projet de découvrir l'Afrique. Elle avait conclu un accord avec un journal qu'elle ne nommait pas pour une série d'articles. Ce qui financerait en partie son périple.

Elle me communiquerait son numéro de téléphone dès qu'elle en aurait un et son adresse, même si elle n'avait pas l'intention de se fixer dans une ville. Bref, un adieu évident et définitif. Pas un mot de regret, pas un mot d'amour et aucune promesse de retrouvailles. Elle partait et elle m'invitait clairement à ne pas l'attendre. J'étais persuadé qu'elle croyait qu'elle m'y avait préparé.

J'ai pris instantanément le téléphone. Diane, surprise, m'accueillit avec un rire de plaisir.

— Je dois absolument te revoir, commençai-je.

— Qu'est-ce qui t'arrive ?

— Je t'expliquerai.

Elle n'était pas libre le samedi suivant, mais pouvait me revoir le dimanche. Était-ce une revanche, une vengeance ? Il n'était plus question de fidélité. Je me sentais trahi, relégué à un oubli expéditif. Diane était-elle une compensation ? Certainement pas. Ce serait trop bête de ma part et trop dégradant pour elle. Je cherchais à me remettre sur pied, à trouver un équilibre et elle le permettait. Lucile partie, je n'allais pas m'effondrer. Une relation naissait et elle me permettrait de me maintenir debout.

Diane me donna rendez-vous au restaurant du Centre national des Arts. Ébloui par le soleil qui se reflétait sur le canal, je ne l'ai pas reconnue. Elle leva le bras. Je l'ai embrassée et j'ai eu la sensation que notre relation changeait de nature.

C'était le début de l'après-midi. Elle avait déjeuné et j'avais avalé un sandwich dans l'autobus. Le vin serait pour plus tard. Je n'avais pas encore remarqué l'intensité de Diane. Ce n'était pas une beauté éclatante. Son apparence plutôt banale masquait une mystérieuse chaleur. C'était à moi de la débusquer, de la faire surgir de l'ombre. Son visage calme m'invitait à la confidence, elle était une fête à préparer, à aménager.

— Je suis contente de te revoir, me confia-t-elle comme pour me mettre à l'aise. Je ne m'y attendais pas si rapidement. Je ne me plains pas. Au contraire.

Le regard fixe, au bord des larmes, je lui pressai le bras.

— Je suis très heureux d'être venu.

Nous attendions, patiemment, silencieusement la suite.

— Veux-tu te promener au bord du canal? proposa-t-elle. Il n'y a là jamais beaucoup de monde, même le dimanche.

— Les autres ne me dérangent pas, dis-je en me levant.

Je respirais profondément comme pour sortir d'une crise, à court de paroles.

— Du moment que je ne me trouve pas seul, ajoutai-je. Et tu es là.

Elle me donna le bras en marchant, me signalant les édifices de l'autre côté, remplissant le lourd, le pesant silence avant que je tente de me relâcher et de révéler mon secret. Elle s'arrêta subitement sur le chemin du retour.

— Tu vas me dire ce qui ne va pas.

— Ça va, je t'assure.

— Ne me raconte pas d'histoire. Je ne me sentirai à l'aise que si tu me dis ce qui te tracasse, te trouble.

J'aperçus un banc, à l'ombre d'un buisson.

— Asseyons-nous, proposai-je.

Elle attendait.

— Je n'ai pas eu encore l'occasion de te parler de ma collègue Lucile. Nous étions proches. À mon retour la semaine dernière, une lettre m'attendait. Partie sans laisser d'adresse.

— Avec un homme, affirma-t-elle.

— Même pas. Elle mijotait un périple en Afrique depuis des mois. Nous étions bien ensemble, mais elle refusait tout projet d'avenir.

— Tu l'aimais ?

— Je ne sais pas. C'est la première femme que j'ai connue. Elle m'a appris à vivre.

Diane s'est mise à rire.

— Tu en avais besoin ? Tu es un adulte, à ce que je constate.

— Sauf que j'ignorais tout des femmes. Elle était divorcée, avait vécu avec un homme.

— Elle était donc plus âgée que toi.

— Ça n'avait pas d'importance.

— Peut-être. Et qu'est-ce que tu vas faire maintenant?

— Rien. Continuer mon travail. Écrire mon article sur les Doukhobors.

Elle se leva.

— Tu dois avoir faim. Allons dîner au même restaurant. Le canal est ce qu'il y a de plus beau à Ottawa.

Nous choisîmes un coin relativement à l'écart.

— C'est curieux, dit-elle après un moment. Quand tu m'as téléphoné la première fois, je me dégageais péniblement de l'emprise de Hans. Ce n'est pas la même histoire que la tienne. Moi aussi j'étais seule, même si la décision de rompre était la mienne.

Un échange de malheurs? Une reprise réciproque? C'était trop tôt pour préciser.

Je signalai en passant la beauté de ses yeux, sa démarche résolue, le retentissement de son rire. Son regard était à la fois accueil, acceptation, plaisir. J'ai pris sa main et elle ne l'a pas retirée. À la fin du repas, elle m'accompagna à la gare d'autobus.

— Je suis si content de t'avoir revue.

— Moi aussi. Même si ce fut bref. À cause de moi.

— Ce n'est qu'un début. Nous aurons d'autres occasions. J'y tiens.

Je l'ai attirée contre moi, l'embrassant sur les joues et, sentant son haleine, j'ai appuyé mes lèvres sur les siennes. Surprise, à peine réticente. Je n'allais pas reculer. Appuyant de plus belle, sa réponse, d'abord un simple acquiescement, se changea en participation. Elle m'embrassa à son tour.

Avant de monter dans l'autobus, je l'ai serrée à nouveau dans mes bras et nos bouches ont scellé notre union nouvelle. Nous entamions le chemin. Ensemble.

Les yeux fermés, assis dans l'autobus, j'étais heureux. J'avais déjà hâte de retrouver Diane. La figure de Lucile surgissait néanmoins de l'ombre, déchirait l'opacité recherchée. Elle me manquait. Son départ me faisait mal et Diane n'allait pas miraculeusement et instantanément effacer son absence. L'élan du début ne dissipait pas le poids du vide. Diane était encore une promesse. Lumineuse, oui, mais sans la clarté inépuisable construite le long des jours, des semaines, des mois, de débats et d'étreintes.

J'en voulais à Lucile de sa brutalité, de son indifférence à ma souffrance et je n'allais pas m'accrocher à Diane pour éviter le gouffre. À mon retour, j'attendais un signe, une lettre, un appel. Le miracle n'eut pas lieu. En cherchant mon sommeil, je me suis résolu à appeler Diane dès le lendemain.

Je tentais vainement de reconstituer son visage et c'est celui de Lucile qui surgissait à tout coup.

Je me suis plongé dans le travail, repoussant ainsi le moment où, cédant à mon besoin, je n'aurais d'autre choix que de combler ce sentiment de vide. Une femme. Une autre. N'importe laquelle. Pourvu que Diane ne le devine pas. L'avenir de notre relation serait condamné et tout espoir s'envolerait. Je finis par l'appeler.

— J'espère que je ne t'ai pas trop dérangée, lui dis-je d'une voix qui se voulait joyeuse, spontanée.

— Dérangée? Je ne me laisse pas faire facilement!

— Je te trouve si présente, si réelle.

— En effet, je ne suis pas une apparition.

— Serais-tu libre le week-end prochain? Je voudrais que tu viennes à Montréal. C'est aussi agréable qu'Ottawa.

— Je veux bien. Mais…

— Il n'est pas question d'aller à l'hôtel. Mon appartement est modeste. Je coucherai au salon et tu auras la chambre à toi. Je ne t'ennuierai pas. Nous découvrirons librement, sans contrainte, sur quelle route nous engager.

— Tu es si raisonnable.

— Je ne veux surtout pas te perdre avant de te connaître, te connaître vraiment.

— Je risque de te décevoir.

— S'il te plaît, Diane.

∾

Le samedi matin, à la gare d'autobus, nous nous sommes embrassés sur la bouche.

— Tu es bien installé, dit-elle quand j'eus déposé sa valise dans mon appartement.

Elle inspecta les livres, les meubles.

— L'antre d'un célibataire. Trop petit.

— Aucune photo, constata-t-elle.

Si je lui avais demandé la sienne, elle n'aurait pas apprécié la plaisanterie, même si ce n'en aurait pas été une. Nous nous sommes longuement embrassés.

— Nous allons déjeuner au restaurant. Ma cuisine n'est pas digne de toi.

— Je ne suis pas une bonne cuisinière non plus.

Au restaurant de poissons, à côté de Radio-Canada, passant de l'anglais au français, nous avons parlé de journalisme, de traduction, de Montréal, d'Ottawa.

Quand nous avons pris l'autobus, je lui ai indiqué les édifices, les monuments rue Sherbrooke.

— Parle-moi de toi.

Je lui fis part de mon intention de découvrir des coins inconnus, reculés de par le vaste monde.

— Moi aussi j'aimerais parcourir le monde, même si je n'aime pas beaucoup voyager seule. Et tu sais, une femme toute seule...

— Tu n'es pas obligée de voyager seule.

— As-tu eu des nouvelles de ton amie?

— Aucune. C'est fini avec elle. Elle ne m'a jamais parlé de son mari et rejetait toute possibilité de vivre avec un homme. Elle était trop âgée pour moi, prétendait-elle. Quelques années. C'était ridicule. Elle vivait le moment présent sans s'interroger et attendait le jour de partir. Je n'étais qu'une parenthèse. Elle me le laissait entendre, mais tenait à ce qu'on soit bien ensemble le temps que cela durait. Et maintenant, tu es là. À ton tour ! J'attends ton récit.

Il fut bref. Elle avait fait la connaissance de Hans, un poète doukhobor qui tentait de retrouver ses racines. Elle l'avait accompagné. La découverte de leurs corps compensait le reste. Était-ce de l'amour ? Elle n'était pas en mesure de se prononcer, d'autant plus que cela s'était terminé en queue de poisson. Hans avait besoin d'une femme. Elle était disponible, car elle aspirait à s'approprier, à travers une culture, un passé dont elle se sentait dépourvue. Elle faisait fausse route et même son empressement physique finit par lui sembler suspect, car Hans ne lui plaisait pas vraiment. Elle le cherchait, à travers les étreintes, au-delà de son corps. Elle rêvait et, au bout de quelques mois, elle eut la conviction qu'elle était victime d'un fantasme.

❧

De retour après le dîner, j'ai montré le lit à Diane.

— C'est pour toi. Je dormirai, moi, sur le canapé du salon.

Elle ne réagit pas tout de suite, puis, après un moment, elle dit en riant :

— Tu en as l'habitude ?

— C'est la première fois.

Sortant de la salle de bains, elle gagna le lit dans l'obscurité. J'ai, à mon tour, fait ma toilette et, avant de me déshabiller, je l'ai rejointe et je l'ai embrassée sur la bouche. «Bonne nuit», murmurai-je. Et, alors que j'allais la quitter, elle saisit mon bras.

— Je te déplais ?

— Comment oses-tu le penser ? À moins que tu refuses de constater l'évidence.

— Je te fais peur, alors ?

— Pas du tout. Qu'est-ce que tu cherches ?

— Pourquoi ne veux-tu pas te coucher à mes côtés ?

— Je ne voulais pas te brusquer.

— Arrête de dire des bêtises et viens vite au lit.

Je l'ai longuement caressée avant de l'étreindre. D'abord hésitante, elle déploya vite un désir, une sensualité surprenants. J'étais habitué à la participation passive de Lucile.

— Tu te rends compte comme j'avais besoin de toi ? me demanda-t-elle.

— J'ai eu envie de toi dès le premier moment.

— Des mots, fit-elle en riant. Moi aussi j'étais en attente et te voilà, homme propice qui frappe à ma porte au moment opportun.

Était-ce inconscient? Je suivais la route tracée par Lucile. Tout le plaisir, toutes les joies, toutes les possibles amours, grandes et petites. Laisser passer les heures comme pour arrêter le temps, le ralentir pour savourer pleinement chaque moment et ne rien dire sur l'avenir, les lendemains proches ou lointains. Nos corps nous devançaient, affirmant l'immédiat, sans penser aux conséquences. Nous ne parlions pas d'amour. Je répétais à Diane qu'elle était belle, que je la désirais, et elle me confiait sa joie de m'avoir trouvé, ne faisant mention ni de projets ni d'avenir.

Je l'ai raccompagnée à la gare d'autobus et à mon retour, j'étais partagé entre le soulagement de me retrouver seul, maître de mon temps, et le vide d'une solitude encore plus forte que celle que j'éprouvais souvent avec Lucile. Je savais qu'elle était toute proche, à l'autre bout du téléphone, que nous allions nous rejoindre, alors que Diane était ailleurs, même si Ottawa n'était qu'à deux heures d'autocar. Une autre ville, toutefois, un autre paysage, un ailleurs inconnu, qui m'échappait, donnant à la séparation des frontières, des limites perceptibles. Nous nous parlions tous les soirs et alternions nos rencontres à Ottawa et à Montréal.

Je reçus une carte postale de Lucile en provenance de Dakar, deux mois après son départ. Des salutations sans indication d'adresse. Je n'avais pas envie de lui annoncer qu'elle était remplacée, car elle ne l'était pas. Elle avait été un épisode et

Diane en était un autre. Une vie sans engagement dans un travail ou dans un lien avec une femme.

Je discernais alors mal l'inertie intérieure qui m'empêchait de privilégier un lieu ou une personne. Curieusement, la carte de Lucile me rappelait que le monde s'ouvrait à moi, même si l'Afrique ne m'attirait pas particulièrement. Je ne dirais pas non, si l'occasion se présentait. Je n'allais évidemment pas me confier à Diane. Ce serait une folie de lui annoncer un éventuel départ. La quitter sans rupture et sans promesse de retour.

Dès que je la retrouvais à la gare, je ne respirais que son odeur, ne cessant de la toucher comme si chaque instant où je ne sentais pas son corps était une chance perdue, dilapidée. Quel don, quel cadeau que sa peau ! Nous faisions l'amour avec un appétit féroce. Elle murmurait : « continue, c'est bon » ; et moi : « tu es si belle, si désirable ».

Elle m'aidait à préparer le déjeuner : des pâtes, une omelette, une salade. Nous réservions les festivités pour le soir, et au restaurant, le dîner ressemblait à un prolongement de nos ébats, la confirmation du bonheur de nos corps et l'annonce d'une reprise. N'ayant aucun projet, nous n'avions aucun motif de querelle ni même de débat.

Nous commentions nos lectures, les émissions de télévision et, parfois, les événements politiques en observateurs, sans parti pris. Une indifférence implicite nous épargnait la controverse, mais également l'expression d'une opinion.

Peut-être Diane avait-elle un autre compagnon épisodique, sauf que nos entretiens quotidiens me prouvaient le contraire. Elle s'abstenait elle-même de toute interrogation sur Lucile et sur mes rencontres durant ses absences. Notre lien me comblait et je n'avais ni envie ni énergie pour un autre. Elle se contentait souvent de conclure : « j'ai confiance », ou « je suis contente ».

Dès que je disposais de moments de répit, je l'interrogeais et prenais des notes sur les Doukhobors. Je ne lui avais pas proposé d'ajouter sa signature à la mienne, le journalisme n'étant pas un territoire où elle souhaitait mettre les pieds.

Dans le même numéro du magazine qui publiait mon article, je fus frappé par un reportage sur le Machu Pichu. Des informations touristiques qu'on peut trouver dans n'importe quel guide ou livre de géographie. Un week-end, j'allai le vendredi matin glaner à l'ambassade du Pérou des renseignements sur le pays et sur les coûts du voyage et de séjour. Mon idée était faite : j'irais au Machu Pichu, non pour décrire pour la millième fois les lieux, mais afin de déterrer un secret, déceler un angle non exploré.

J'en ai parlé à Diane et sa réaction fut spontanée.

— Quand pars-tu ?

J'ai pourtant ressenti chez elle une inquiétude qu'elle ne manifestait pas ouvertement.

— Ce n'est pas pour demain. Je n'en ai pas les moyens.

En fait, j'avais commencé à mettre de l'argent de côté, me restreignant, surtout les jours de semaine. Adieu les restaurants. Mes seules sorties étaient des promenades à la montagne en fin d'après-midi. J'écrivis au ministère du Tourisme et à celui de l'Information à Lima. Pour toute réponse, je reçus des dépliants et des brochures en espagnol. Je traçai systématiquement mon itinéraire. Nous étions en juin et je m'étais fixé le mois de septembre pour partir.

Je passerais deux semaines dans le pays. C'était tout ce que j'avais à ma disposition. Il n'était pas encore question de démissionner. Je n'en ai pas soufflé mot à Diane. Elle me parlait peu de son travail et ne mentionnait qu'en passant ses parents qui habitaient près de Windsor et qu'elle visitait une fois par an, à l'occasion de Noël et du jour de l'An.

Les mois d'été étaient très agréables. Nous nous promenions sur la montagne à Montréal, et au bord du canal ou dans le quartier du marché à Ottawa.

Finalement, j'ai déclaré à Diane, à la fin de l'été que j'avais acheté un billet d'avion pour Lima et que j'avais même réservé une chambre à l'Hôtel Crillon.

Donna

J'avais lu un article sur le bordel de la ville. C'était un établissement reconnu, légal.

Le lendemain de mon arrivée, j'ai pris un taxi pour le visiter. À l'entrée, un guichet. On achetait le droit à une passe et, entourés de photos de Che Guevara, on faisait la queue pour la dispensatrice de plaisir choisie. J'ai fait le tour de l'établissement. Du matériel pour un article.

De retour à l'hôtel, je me suis installé au bar, à côté d'une jeune femme. Une étrangère, elle aussi. Dans un espagnol approximatif, j'ai commandé un verre de vin. Elle s'est proposée comme interprète. Une Américaine : Donna. Elle attendait un homme qui apparemment lui avait fait faux bond et elle était contente d'échanger des banalités avec un Canadien, un voisin d'Amérique.

Mon projet a fortement impressionné Donna, infirmière à Montpelier, au Vermont. Je lui ai proposé de monter dans sa chambre ou la mienne pour siroter tranquillement d'autres verres. Elle a accueilli l'invitation sans réticence. C'est alors que je me suis mis à l'examiner. Un visage rond, des yeux bruns, des cheveux coupés à la garçonne. Une poitrine imposante. Un peu forte de taille. Son odeur éveillait mon désir.

Tacitement consentie, notre approche sans gestes inutiles, sans protocole, fut directe. Son compagnon avait manqué le coup dont j'étais bénéficiaire. Nous attendîmes que le garçon dépose le vin pour nous déshabiller. Sans prononcer un mot, nous nous caressions. Nous avalions nos premières gorgées de vin. Mes gestes se faisaient plus directs, mon impatience était manifeste.

— Tu veux faire l'amour ? fit-elle quasi brutalement. Il faut une protection.

J'ai fouillé dans ma valise et exhibé les préservatifs.

— Je ne voyage pas sans, dis-je en riant.

— J'aime les hommes prévoyants.

Donna, sans effusion, m'indiquait ce qui lui faisait plaisir et ses caresses étaient sa manière habile de déceler mes propres besoins.

Le lendemain, je ne devais me rendre au Machu Pichu que tard dans la matinée. Prenant le petit déjeuner au restaurant de l'hôtel, nous cherchions les mots pour dire notre gratitude réciproque, nous contentant d'exprimer le plaisir de nous être rencontrés. D'ailleurs, Donna devait elle aussi partir le lendemain en Bolivie. Elle s'inquiétait de l'absence et du mutisme de l'homme attendu.

Ce n'était manifestement pas un rapport amoureux et je me demandais même s'il n'était pas son fournisseur de drogue. La veille, elle avait fumé un joint et me l'avait passé pour partager son plaisir.

Sans m'offusquer, j'ai décliné l'offre, prétextant mon refus de fumer, quel que soit le tabac. Elle n'avait pas insisté.

— J'espère qu'il finira par se montrer, dis-je.

J'étais sincère. Toute jalousie eût été absurde, et je souhaitais qu'elle ait son herbe pour être bien.

À peine avions-nous quitté le train à Cusco que les responsables de l'excursion nous conduisirent à un hôtel où on nous servit du Coca-Cola en nous recommandant de passer deux heures allongés. Nous souffririons autrement d'un tenace mal de tête qui nous empêcherait de poursuivre la visite.

La visite? Je n'avais pas prévu toutes les dépenses du tourisme. J'ai décidé de demeurer à Cusco, de visiter soigneusement le temple aztèque transformé en église catholique et surtout de tenter d'entrer en contact avec des habitants.

Dans la rue, des hommes et des femmes, portant les costumes traditionnels, ne parlaient que quechua. J'ai demandé à l'hôtel s'il était possible de louer les services d'un interprète. On se renseigna, se concerta, et l'un des responsables de l'établissement proposa de remplir cette fonction. Son anglais rocailleux me suffisait.

En me promenant dans la rue voisine, j'ai remarqué deux femmes dans la quarantaine ou la cinquantaine, il était difficile de déterminer leur âge, et j'ai demandé à l'interprète si elles consentiraient à raconter une journée ordinaire de leur existence. Moyennant rétribution.

Elles mirent du temps à comprendre le sens et l'intérêt de mes questions : l'heure de leur réveil, leur repas du matin, sa préparation, leur vie de famille, leur logement, leurs repas de la journée, leurs occupations et celles de leurs maris, la nature de leurs liens. J'ai pris assez de notes pour un article.

Au Machu Pichu, ce n'était pas la ville clandestine découverte par un explorateur blanc qui m'importait, mais la vie des deux Amérindiennes. L'une vendait le matin des légumes au marché et la deuxième, sa sœur, entretenait leur logement, leur hutte. La première gagnait assez pour assurer leur subsistance.

Stefania

De retour à Montréal, j'ai attendu plusieurs jours avant d'appeler Diane, gardant mon temps pour la rédaction des articles.

Nous fûmes contents de nous revoir, l'absence n'ayant modifié en rien notre lien. Je lui fis le récit de mon voyage, lui assurant que je n'avais pas couché avec une prostituée, passant sous silence ma nuit avec Donna. Diane redoutait les maladies vénériennes. La vie reprit son cours et la bonne surprise fut l'acceptation par des magazines américains de mes articles. La rémunération était suffisante pour mettre en branle un autre périple. Dans l'un des magazines, on mentionnait Mendoza, la ville argentine qui occupe la neuvième place dans la production mondiale de vin. J'ignorais totalement l'existence de cette ville. Le déclic s'est produit : je n'étais sûrement pas le seul à en ignorer l'existence. Aussi l'Argentine serait-elle ma prochaine destination, non pour danser le tango en pleine rue, ni pour avaler d'immenses steaks grillés, mais pour savourer un vin inconnu.

J'ai écrit au bureau du Tourisme et à la mairie de Mendoza pour avoir les noms des producteurs de vin les plus importants. Liste en mains, j'ai proposé de consacrer un article à leurs vignobles.

L'unique réponse fut celle d'un dénommé Stewart Hernandez. J'ai préparé l'expédition pendant de longues semaines. Stewart m'offrait de m'accueillir dans son château vinicole. Il fallait le prévenir au moins deux semaines à l'avance.

Diane m'avoua qu'elle adorait le tango et qu'elle m'aurait volontiers accompagné.

— Je n'ai nullement l'intention de fréquenter les boîtes de nuit, rétorquai-je.

— Je plaisantais, dit-elle.

On n'en a plus parlé. Nos rencontres, agréables, dépourvues de surprises et d'incidents, se déroulaient comme d'habitude. Nous nous attendions les jours de semaine et les week-ends nous semblaient toujours trop courts.

∾

Profitant de mes jours de vacances, j'ai pris l'avion pour Buenos Aires en septembre. Une ville au bord de l'eau où l'on pouvait danser après avoir fait honneur aux fameux steaks. Le lendemain, le vol pour Mendoza se déroula sans encombre. Stewart m'attendait à l'aéroport accompagné de Stefania, une jeune femme qui servait d'interprète. En dépit de son nom, Stewart parlait mal l'anglais.

Les yeux verts, de longs cheveux noirs, la peau brune, Stefania devait être dans la trentaine. Petite et plutôt ronde, elle me serra la main et m'assura qu'elle ferait de son mieux pour ne pas trahir les propos du patron. Celui-ci, grand, mince, vigoureux était plutôt taciturne. On me conduisit à mon hôtel. Stefania viendrait me chercher vers sept heures pour le dîner au château. J'ai ainsi préparé mes questions. Deux magazines dont l'un consacré à la gastronomie attendaient mes textes.

Le repas, des steaks, fut arrosé sans excès, car Stewart tenait à ce que nous soyons tous les deux sobres pour que notre conversation soit efficace et productive, car il avait des ambitions d'exportation et le marché américain était le plus prometteur. Il me fit l'historique de sa maison, son importation de cépages de France et d'Italie. «Le marché du vin est limité par une dispersion néfaste», affirmait-il.

Stefania interprétait toutes les nuances du discours de son patron. À notre table, deux employés du vignoble confirmaient ses affirmations quand il leur demandait leur opinion et gardaient le silence ensuite. En possession d'une matière amplement suffisante pour mes deux textes, je l'ai remercié chaleureusement. Il me remit des dépliants sur son vin, sur la ville de Mendoza et sur l'Argentine et me proposa de le prévenir si j'y retournais.

— Stefania va vous reconduire à votre hôtel en voiture.

Je craignais qu'elle ait bu trop de vin, mais, devinant ma préoccupation, elle m'assura qu'elle buvait très modérément quand elle avait à conduire. J'ai remarqué, en la regardant derrière le volant, le contraste entre ses yeux verts et ses mèches noires. Je lui en ai fait la remarque. Elle m'apprit qu'elle était de descendance italienne et que sa grand-mère paternelle était à moitié allemande.

— Êtes-vous mariée ?

Surprise par ma brusquerie, elle dit fermement non.

— Moi non plus.

Radoucie, elle attendit une minute pour reprendre :

— J'ai vécu ici pendant un an avec un Américain. Nous devions nous marier chez lui à Philadelphie. Il est parti depuis six mois et me donne rarement de ses nouvelles.

— Il vous manque ?

— Je ne sais plus.

Elle avait l'air triste, au bord des larmes. J'ai pressé son bras.

— Jeune et belle comme vous l'êtes, il ne faut pas vous en faire.

— Vous êtes gentil, fit-elle en posant sa main sur la mienne.

À l'entrée de l'hôtel, spontanément j'ai proposé, sans réfléchir :

— Voulez-vous prendre un café ?

— Avec plaisir.

Elle avait manifestement envie de s'épancher. C'était le moment propice avec un inconnu de passage.

— Nous serons mieux dans ma chambre, dis-je en apercevant une foule dans le hall.

Elle accepta mon invitation.

— Que faisait votre compagnon ici ? demandai-je une fois dans la chambre.

— Il travaillait comme ingénieur. Il désirait surtout apprendre l'espagnol. Mais nous parlions presque toujours en anglais.

Le café servi, je me suis assis à côté d'elle sur le sofa.

— Était-il marié ?

— Je ne le sais pas. Il ne m'en a jamais parlé. Est-ce que Philadelphie est loin de Montréal ?

— Pas vraiment. Voulez-vous que j'aille le chercher pour vous ? dis-je en riant.

Elle s'est mise à pleurer. L'attirant contre moi, je lui caressai l'épaule. Elle colla sa joue sur ma poitrine pour pleurer de plus belle. Ce fut par son odeur que je fus excité. Je l'ai embrassée dans le cou comme pour la consoler. Elle leva la tête.

— Vous êtes si gentil avec moi.

Lui caressant le dos, je l'ai embrassée sur les joues et, sentant ses seins si proches, je l'ai serrée contre moi en l'embrassant sur la bouche.

— Ne pensez pas du mal de moi. Je suis si malheureuse.

— Je vous trouve si attirante, je ferais tout pour que vous ne soyez pas malheureuse.

Se serrant contre moi, elle s'est calmée. Je l'ai à nouveau embrassée sur la bouche.

— Viens te reposer, dis-je en l'entraînant vers le lit. Tu seras mieux.

— Tu veux me garder, alors? fit-elle, toute souriante.

— Ah, oui! J'en ai bien l'intention.

Je me mis à la dévêtir. Elle se laissa faire. Mais une fois dans le lit, elle m'accueillit passivement. Cela me refroidissait et j'étais sur le point de me retirer.

— Ne me laisse pas. Garde-moi.

Je me suis abstenu de lui dire qu'elle n'était pas vraiment là. Elle désirait de l'intimité, de la tendresse, mais le sexe n'était qu'un moyen. Prête à recevoir et non à donner. Après un moment, cela m'a excité autant qu'une réciprocité sensuelle, comme si je voulais la convaincre, la séduire.

— Tu es si gentil avec moi.

Je n'ai pas réagi. Je n'essayais pas d'être gentil. Je la désirais et sa vulnérabilité accentuait mon élan. Je ne me sentais pas coupable d'assouvir mon plaisir sans songer au sien. Elle recevait ce qu'elle espérait, ce qu'elle attendait, une attention, une prise en charge, fût-elle momentanée. À l'aube, les yeux ouverts, elle murmura :

— Je suis tellement bien avec toi.

J'avais dû m'assoupir, mais mon désir renaissait. Elle s'y attendait, car il y avait entre nous une intimité palpable qui ne se démentait pas, qui, sans combler sa solitude, soulageait sa souffrance d'être abandonnée, oubliée. Nous avons commandé le petit-déjeuner. Elle ne semblait pas pressée de partir. Je devais prendre l'avion l'après-midi. Je n'allais pas l'abandonner à mon tour.

— Tu ne travailles pas aujourd'hui?

— Je suis avec toi. Je peux rester encore un peu si tu veux.

J'ai appelé la compagnie aérienne pour remettre mon départ au lendemain et j'ai prévenu la réception de l'hôtel que je garderais la chambre encore une journée. Stefania se jeta sur moi.

— Tu fais tout ça pour moi!

— J'en ai vraiment envie. Je te trouve belle et je te désire.

— Tu es si gentil.

J'allais lui crier d'arrêter sa rengaine, devenue insupportable pour moi.

— Allons au restaurant cet après-midi, suggérai-je.

— Comme tu veux. Mais on reviendra ici.

— Oui, car j'ai l'intention de faire encore l'amour avec toi.

Je cherchais à la provoquer pour qu'elle n'évoque plus ma gentillesse.

— Oh oui. Ça sera bien.

Encore un steak, mais sans vin. Elle mangeait avec appétit. Elle appela son patron pour le prévenir qu'elle gardait la voiture qu'il lui prêtait pour une autre journée, qu'elle devait rester avec le Canadien. C'était son travail. Elle était détendue, joyeuse.

Je me suis dit que si elle se décidait elle aussi à faire l'amour, je risquais de ne plus quitter cette chambre d'hôtel. Blottie contre moi toute la soirée, toute la nuit, elle finit par s'abandonner un peu, tout en se retenant encore, non par manque de sensibilité, mais par crainte de trop souffrir d'une séparation inexorable.

— La prochaine fois, si tu reviens, tu peux rester dans mon appartement. Je fais bien la cuisine.

— Tu viendras peut-être toi à Montréal, en route pour Philadelphie…

Je voulais ainsi mettre l'accent sur la nature non permanente de notre relation.

∾

Le soir, elle me fit le récit de son enfance. Sa mère déplorait son célibat… Pourtant, elle ne se considérait pas comme une vieille fille, car elle aimait les hommes et la famille.

— Tu en auras une, lui dis-je pour lui faire plaisir.

Elle me conduisit à l'aéroport dans la voiture de son patron. Je regrettais vivement de la quitter,

me retenant pour ne pas avoir mal inutilement.
Dans la boutique de l'aéroport, elle choisit une
cravate.

— Cela te fera penser à moi.

— Je penserai à toi pour d'autres raisons.

Elle fit semblant de ne pas comprendre.

— Tes yeux, ta bouche, tes seins, ton sexe, tes
fesses.

Elle éclata de rire.

— C'est trop! protesta-t-elle.

— Et pas assez.

— Tu m'écriras?

— Et je te téléphonerai.

Teresa de Bahia

De retour à Montréal j'ai téléphoné immédiatement à Stefania. D'abord surprise, elle ne cacha pas son plaisir et, sans le dire clairement, son espoir que notre relation se poursuive. «Je devrais calmer ses ardeurs», me dis-je, sans réussir pour autant à calmer mon vif désir de la retrouver. Je ressentis sa présence pendant mon premier week-end avec Diane, même quand nous faisions l'amour, ne cessant de me répéter qu'il fallait m'en libérer, m'en dégager. J'écrivis mes articles sur Mendoza gonflé d'un enthousiasme suscité par mes heures avec Stefania.

Un mois après mon retour, mes appels à Mendoza s'espacèrent. Elle m'interrogeait sur la date de mon retour. En réalité, je ne comptais pas remettre les pieds en Argentine. En dehors d'elle, je n'avais plus rien à y voir. Il me fallait chercher ailleurs.

J'ai plus tard entendu à la radio une émission sur la macumba au Brésil. On mettait en exergue les prétentions chrétiennes des pratiques africaines, un syncrétisme peu compris, disait le voyageur interrogé. C'était là un sujet pour moi. Certes, le Brésil n'était pas l'Argentine. Les deux pays avaient toutefois une frontière commune. Stefania pourrait faire le déplacement. Je repoussais l'interrogation de ce que j'en attendais. Je faisais l'amour avec Diane, plus présente au lit que ne l'était Stefania, dont je cherchais à amoindrir la tristesse. Mais était-ce de la simple compassion?

Ce serait ridicule, absurde de traverser le continent pour cela. Je tenais à repousser tout sentiment persistant, un piège qui me rendrait prisonnier d'une insoluble intrigue. Pourtant, ignorer ce sentiment ne voulait pas dire le vaincre ou le contrôler. Stefania me fit parvenir sa photo par la poste. Les épaules nues, portant une robe longue.

J'ai longuement caressé les épaules de Diane afin d'échapper à une vision érotique qui me hantait, me tenaillait. «Le temps saura faire son œuvre», me persuadai-je. Et c'était vrai. Je me retenais avant de l'appeler, tout en continuant à attendre, à espérer ses exclamations de joie qui à leur tour s'atténuaient.

Diane, égale à elle-même, était agréable, accommodante, active au lit. Elle ne percevait aucun changement en moi, sans doute parce qu'elle avait dès le départ décidé de s'en tenir au niveau du plaisir érotique et à celui d'être ensemble. Trois mois après mon retour, elle m'apprit que notre rendez-vous habituel du week-end était remis à la semaine suivante, car elle avait des amis à voir à Toronto.

Cela me semblait normal. Elle avait passé de longs mois dans cette ville et y comptait bien évidemment des amis. Si elle ne m'en parlait pas, c'est que nous n'avions pas l'habitude de bavarder à propos de nos amitiés et de nos rencontres.

∾

Pour préparer mon périple au Brésil, j'ai procédé comme d'habitude. Première destination : Bahia, le véritable foyer de la macumba. J'ai demandé des informations aux services de tourisme et d'informations au Brésil, mais c'est à l'ambassade de ce pays qu'on m'a remis les brochures et les adresses utiles. J'écrivais abondamment, lettre sur lettre. Les réponses étaient rares.

J'ai fini par recevoir une lettre d'un artiste de Salvador. Il rêvait d'une exposition au Canada et m'accueillerait avec plaisir, me fournirait les indications utiles pour accomplir ma mission. Je n'ai pas tardé à lui répondre. Je souhaitais connaître son œuvre. Salvador da Bahia me semblait être une ville passionnante.

Encore une fois, j'attendis l'automne pour partir. Stefania était toujours heureuse d'entendre ma voix, mais faisait de moins en moins allusion à son intention de venir me rejoindre à Bahia. Ce serait, me faisait-elle remarquer, moins compliqué et moins onéreux de prendre l'avion pour Montréal. Je n'ai pas réagi, car cette perspective me laissait perplexe. J'étais déchiré entre l'embarras de l'avoir sur les bras, sans savoir comment occuper le temps, et l'ardeur émotive et érotique de l'imaginer dans mon lit.

Quand je lui ai précisé la date de mon voyage, elle m'apprit, sans plus de précision, qu'elle serait très occupée au cours des semaines suivantes. Toutes les femmes que je connais finissent par être très occupées ! C'était un soulagement de ne pas tomber dans le piège des liens définitifs. Deux semaines de suite, Diane se rendit à Toronto. Notre relation traversait un passage qui appelait une consolidation, sinon elle risquait de basculer dans le doute.

Une semaine avant mon départ, Stefania s'est excusée de ne pas me rejoindre à Bahia. Un regret prononcé du bout des lèvres. Mon nouvel ami artiste, Luis, m'accueillit chaleureusement. C'était de bon augure pour mon séjour. Il m'offrit un de ses dessins et n'arrêta pas de m'interroger sur Montréal. Il était persuadé que les artistes gagnaient des millions en Amérique du Nord, alors qu'il devait travailler comme guide touristique pour joindre les deux bouts. Il avait une certaine notoriété comme artiste, mais les acheteurs étaient rares.

« Il est vrai, avançait-il, que Bahia est une ville isolée dans une région pauvre. » Cela aurait été autre chose s'il s'était installé à Rio ou à Sao Paulo. Mais à cinquante ans, ç'autait été une folie. Une exposition aux États-Unis ou au Canada l'arracherait à l'ombre.

Sa tante m'invita à un repas de *fejouiada* que j'ai mis deux jours à digérer. C'était la célébration familiale de ma visite. C'est là que j'ai eu la chance de faire la connaissance de Teresa. Perdue dans une assemblée de parents, d'oncles, de tantes, de cousins et de cousines, je l'avais à peine remarquée au début.

Métisse, comme la majorité de la population de Bahia, elle n'avait rien d'une beauté exception-nelle. Mais dès qu'elle se mettait à parler, tout son corps vibrait, éclatant d'une élégance naturelle. Par chance, Luis me la proposa comme accompa-gnatrice à la macumba. Une soirée spéciale avait lieu le lendemain. Rendez-vous à mon hôtel à dix heures.

Teresa ne fit son apparition qu'à dix heures et demie. La cérémonie ne débuterait qu'après onze heures et se poursuivrait jusqu'aux petites heures du matin. Nous traversâmes un terrain vague, plongé dans la pénombre. Le taxi ne pouvait péné-trer plus loin. L'enceinte, un temple, avait l'allure d'une église catholique, avec un christ en croix bien visible et, au centre, une statue de Marie. Le public : des hommes et des femmes assis sur des bancs. Bientôt, des hommes et des femmes habillés en blanc surgirent d'une chambre.

Par terre, deux hommes assis jouaient, sur un instrument ressemblant à une guitare, un air de samba. Ils chantaient, poussaient des cris ; une femme présidait au rituel. Dans un anglais compréhensible, Teresa me fournissait les explications. Les prières étaient en dahoméen et les femmes incarnaient les esprits de divinités dont elle me citait les noms. Saint Georges, Jésus, Marie n'étaient que des couvertures. Comme l'Église officielle interdisait les religions africaines, les pratiquants empruntaient des noms et des symboles chrétiens pour avoir des apparences de légalité. Teresa me signala des ouvrages en portugais et en anglais consacrés à ces pratiques.

Vers une heure du matin, une adolescente entra en scène. Elle se tortilla, gesticula, s'étendant par terre puis se relevant, comme prise d'hystérie. Teresa m'expliqua qu'elle se battait avec les dieux. Quand elle se penchait sur moi pour me parler, le courant passait à travers elle. La macumba restait confinée à l'extérieur, un spectacle maintes fois présenté dont le contenu m'échappait, mais qui retenait mon attention puisque je devais lui consacrer un article.

Il me fallait néanmoins absorber auparavant toute une spiritualité nouvelle, tout un rituel singulier dont je ne parvenais pas à ressentir ou à suivre le rythme. Comment en transmettre le sens ? Je m'approchai de Teresa et, sentant son haleine, j'eus envie de pénétrer dans sa bouche pour la capter.

— Je suis content que tu sois là.

— Moi aussi. Il faut que tu me parles du Canada.

— Tant que tu voudras.

Vers deux heures du matin, je lui ai proposé de quitter la salle. Des taxis attendaient en bordure de l'étendue de sable.

— Tu dois avoir envie de dormir, dis-je.

— On devrait attendre l'aube.

— Tu pourrais te reposer à l'hôtel.

Le gardien me remit la clef et nous montâmes tout naturellement dans ma chambre.

— C'est trop tard pour commander à boire.

— Je bois très peu.

J'avais le sentiment de la regarder pour la première fois. Petite, la peau très brune, les cheveux noirs qui lui tombaient sur les épaules, une grande bouche avec des lèvres pulpeuses, de petits yeux noirs. Nous nous sommes assis sur le canapé.

— Tu peux poser ta tête sur mon épaule pour te reposer.

— Tu as une drôle de manière de faire la cour.

— Je me sens perdu avec tous les dieux qui nous entourent.

— Tu peux les oublier.

— Et penser à toi.

— Tu m'as promis de me raconter le Canada.

Je l'ai attirée vers moi.

— Il faudra que tu y viennes.

Comme si nous nous y étions préparés toute la soirée, nous nous sommes embrassés. Elle s'est levée, s'est déshabillée, m'a regardé et m'a dit :

— Qu'est-ce que tu attends ?

J'ai suivi son exemple.

La nuit fut torride dans tous les sens du mot. Je me sentais déserté par les deux femmes de ma vie au Canada et en Argentine. Me transportant dans un Brésil africain, Teresa m'invitait à un nouveau départ. Au-delà des mots, elle était la réalité qui surgissait du mystère des dieux païens, en osmose avec la nature ambiante, dans un ciel inaccessible.

J'avais la sensation qu'elle me révélait des dimensions de mon corps que j'occultais et que peut-être même je cherchais à éliminer en les niant.

Allais-je me laisser entraîner dans une passion tant chantée ou pleurée dans les romans et les films, risquer ma liberté si je me laissais enchaîner à une femme ? Désormais, trois d'entre elles se partageaient ma pensée, mes rêves, mon désir. En surface, je me passais de l'une en invoquant l'autre. Nous nous sommes à peine parlé, Teresa et moi.

Je déplorais l'impératif du départ tout en me raisonnant : c'était la seule voie à prendre. Je lui disais que ce n'était pas le terme de notre relation, que je reviendrais ou que je m'arrangerais pour qu'elle-même prenne l'avion pour me rejoindre. En attendant, il fallait que je rédige mes articles soigneusement afin qu'ils ne soient pas rejetés.

La veille de mon départ, c'est grâce à Teresa que j'ai eu le thème de mon prochain texte. Elle me réservait tout son temps, me consacrant matinées et après-midi en plus des nuits torrides. De quoi vivait-elle? Certes, ses besoins étaient modestes. De toute façon, je ne lui posais pas de questions. Elle assistait Luis dans ses fonctions de guide touristique et c'est ainsi qu'elle avait été déléguée pour m'orienter dans mes rencontres.

Un matin, elle me conduisit au marché : des étals colorés et multiples où on vendait à peu près tout. Elle m'indiqua en passant la boutique d'un marchand de statues, de pommades pour prévenir et guérir les maladies. Les yeux mi-clos, un homme était assis au comptoir.

— Il est en permanence en communication avec les esprits des dieux. Il prescrit des remèdes et des statues qui soignent les maladies. Des diables avec des fers de lance. Ça protège des mauvais esprits.

Je lui ai demandé de s'enquérir si cet homme accepterait de répondre à mes questions. Sa réponse fut positive. Il fallait revenir deux heures plus tard, car il était dans une transe qu'il ne pouvait interrompre. Sur notre chemin, des femmes assises par terre faisaient griller au charbon de bois de la viande sur de petits poêles. Nous en avons acheté et avons poursuivi notre déjeuner en marchant et en nous arrêtant devant les vendeurs de tapis, de vaisselle, de vêtements.

Nous sommes revenus vers le médium. Le matériel qu'il m'a fourni allait de la banalité primaire à l'absurdité, aux limites de la superstition et du fanatisme. Prenant au sérieux l'existence des dieux et de leurs esprits et ne mettant pas en question son rapport avec eux, je l'interrogeai étroitement sur l'ésotérisme, en inscrivant des détails à propos de ses remèdes. Un matériel abondant qui ferait l'objet de plusieurs articles. À peine avions-nous quitté le marché et le centre-ville que je demandai à Teresa son opinion sur le sorcier.

— Appelle-le comme tu veux. Ses histoires ne sont pas différentes de celles des prêtres catholiques. Les sources sont différentes, c'est à nous d'y accorder foi ou non.

Je n'ai pas poursuivi le débat.

Teresa s'en tenait à son rôle de guide et d'amante. Elle n'était pas passive, mais se cantonnait dans un domaine, le sien, qu'elle occupait sans bravade, sans vantardise, sans avoir à le légitimer ou le justifier. Son rapport au corps était unique. Elle en tirait des satisfactions, des plaisirs sans calcul, sans culpabilité, sachant qu'elle ne parviendrait pas à les ressentir sans les partager, sans la participation de son partenaire. Elle ne me demandait que de me soumettre aux envies de mon corps et du sien avec l'exigence d'une totale liberté et presque de la candeur. Nos étreintes étaient directes, sans compensation d'un manque, sans recours à une culpabilité inventée.

— Nos corps sont aptes à nous faire souffrir, me confia-t-elle un jour. N'as-tu jamais été malade ? Ils nous font aussi le cadeau des plaisirs, des joies, des sentiments que tu peux appeler amour. Il ne faut surtout pas obstruer cette voie, y placer des obstacles et des entraves.

Pour moi, c'était la première fois qu'une femme inscrivait passé et avenir dans le moment présent. J'en étais à moitié conscient. Elle accepterait mon amour à condition qu'il ne soit jamais déclaré ni altéré par les mots. Le corps parle si on tient à préserver son innocence. «Candeur totale», me répétais-je. Disponible, généreuse à ses conditions, une liberté sans définition.

Comme je venais d'ailleurs, elle pouvait m'accorder une confiance et nouer un lien qui durerait le temps de l'innocence. Il n'était pas question de la garder ou de prétendre à la fidélité. Elle serait encore là tant qu'elle ne se sentirait pas entravée, ligotée par les mots. Elle m'attendrait à la seule condition que je revienne, sans besoin d'assurance ou de promesse. Sinon, elle obéirait aux exigences de son corps.

J'ai eu le sentiment que mes tentatives forcenées d'éviter les pièges de la continuité me rendaient vulnérable au besoin de me départir de mes précautions, de mes réticences, de mes refus et de laisser à mon corps le premier et le dernier mot. Elle prêtait l'oreille aussi bien au sorcier qu'au prêtre, n'admettant que ce qui correspondait aux exigences d'un corps qui englobait la totalité de l'esprit.

En quittant Bahia, je savais que je reviendrais aussitôt que je le pourrais. Teresa en était convaincue elle aussi et n'éprouvait pas le besoin de m'interroger sur les dates et les circonstances.

La veille de mon départ, elle fit mention d'une visite à Recife, chez elle. Chaque année, elle y passait quelques semaines.

— Ce serait intéressant pour toi de visiter la maison de Gilberto Freyre.

— Qui est-ce?

— Je te laisse le loisir de le découvrir. Ses livres sont traduits dans toutes les langues. Nous nous retrouverons bientôt à Recife. Je le sais, car tu ne peux pas manquer cette occasion.

— Surtout pour te revoir, dis-je emphatiquement.

Avec elle c'était la seule option à la place du silence, du non-dit.

Le journalisme

À la Presse canadienne, on a accueilli mon retour de diverses façons. Mon nom dans les grands magazines américains faisait la fierté de la direction. On s'en vantait. Des collègues me félicitaient. Quelques-uns, parfois les mêmes, émettaient à voix basse d'autres sons de cloche. L'ironie était la façade courante. J'étais devenu le spécialiste des thèmes ésotériques. On disait que j'inventais des événements pour attirer faussement les lecteurs. Un journalisme de faux scoops, sulfureux, jaune, une escroquerie intellectuelle.

Certains, qui me voulaient, ouvertement et surtout ostensiblement, du bien, me rapportaient ces accusations délirantes, en exprimant bien haut leur indignation. Ils les dénonçaient, mais en les relatant dans le détail sans nommer mes détracteurs. J'écoutais. Des envieux, me disais-je, mais surtout des adversaires plus que des rivaux qui chercheraient à me faire trébucher. Me détacher du groupe. Des collègues. Une indispensable vigilance de tous les moments, mais rien ne devait ralentir ma marche. Je gagnerais assez pour quitter mon poste et partir en voyage sans attendre les jours de congé ou les vacances. Curieusement, mes textes sur le sorcier de Bahia eurent du retentissement et l'on m'en demanda d'autres.

Au téléphone, le ton de Teresa était égal, comme si je n'étais pas à un autre bout du monde. Ainsi, l'espace ne créait pas de distance. Notre intimité renaîtrait intacte. Sans être unique, elle était distincte. Une certitude et une assurance. Le présent reprenait ses droits et son rythme. J'ai appelé Diane. Absente. Au bout de quelques jours, ce fut elle qui renoua pour me laisser entendre sans ambiguïté que notre lien, sans perspective de changement, était voué à la mort par inanition. Elle s'apprêtait de toute façon à déménager à Toronto, avait posé sa candidature à divers postes et attendait des réponses.

Les fins de semaine étaient dures, interminables. Je m'appliquais au travail en reprenant certains de mes textes, les modifiant pour les recycler. On me présentait comme le journaliste qui dénichait des réalités qui échappaient à d'autres. Je me battais contre la banalité, mettant en lumière des faits aveuglants, évidents pour tous ceux qui n'ont pas les yeux fermés. La voix de Teresa était une source d'assurance et d'impatience.

Un matin, elle me confia, comme si elle se parlait à elle-même, que l'amour faisait irruption et qu'elle l'éprouvait sans en parler. C'était sa manière d'interdire une permanence qui ne se vivrait pas au présent. Mon absence ne suscitait pas d'attente, car seules les circonstances empêchaient une présence concrète. Une façon de me prévenir que tout dépendait de moi.

J'ai écrit à la direction de la Presse canadienne que je voudrais m'absenter périodiquement, avec des congés sans solde. C'était une manière efficace d'avoir une source permanente de subsistance, tout en étant pigiste de temps à autre. J'ai pu ainsi annoncer à Teresa mes préparatifs de voyage. Elle ne fut ni étonnée, ni plus joyeuse que d'habitude.

À mon arrivée à Recife, j'ai eu l'heureuse surprise de la trouver à l'aéroport. Arrivée la veille, elle logeait à l'hôtel où nous allions résider tout le long de mon séjour. Mon émotion de la retrouver fut d'autant plus grande que je ne m'attendais pas à son accueil à ma descente d'avion.

Nos retrouvailles au lit ne firent que confirmer que notre séparation n'était qu'un éloignement momentané. La chambre était confortable sans être pourvue des avantages de la technologie américaine. Teresa avait déjà compilé des informations pour moi. J'avais emprunté à la bibliothèque *Maîtres et esclaves* de Gilberto Freyre. Elle l'avait acheté pour moi en édition originale portugaise.

∽

Nous étions en fin d'après-midi. Il faisait chaud même si nous étions en juin, en plein hiver brésilien.

— Nous allons visiter la ville, suggéra Teresa.

C'était un autre Brésil que celui de Bahia.

Longeant le canal, nous investissions ensemble le paysage. Le Brésil devenait un espace commun et les différences ne nous plaçaient pas des deux côtés d'une clôture. Je comprenais le portugais du quotidien et m'efforçais de le parler. Teresa ne se moquait pas de mes efforts, même si j'avais l'élocution d'un enfant de quatre ans.

Notre lien, bien sûr, ne dépendait ni de la langue ni du pays. Vivions-nous en dehors de l'espace et du temps? Mon émotion toujours vive, sur le point d'éclater, me ramenait à un territoire, une dimension de nos corps et de notre esprit, et je ne m'accrochais pas à des choses superficielles.

Teresa n'était pas une femme parmi d'autres, même si nous n'avions pas décidé un exclusivisme qualifié de fidélité. Nous nous situions dans une autre dimension. Une excuse, le leurre d'une liberté qui n'existait que par l'affirmation des paroles. Je ne posais pas de questions à Teresa. Avait-elle eu des relations avec d'autres hommes pendant mon absence? Je ne voulais pas lui demander.

Elle m'apprit que Recife avait été fondée par les Hollandais qui avaient réussi à bâtir une ville à leur image. Et nous? Étions-nous en train d'édifier une existence à notre image? Je savais bien, sans me l'avouer, que cela me ferait souffrir d'imaginer Teresa entre les bras d'un autre homme.

Il est vrai que l'absence de Diane ne me faisait pas languir. Je me sentais au contraire soulagé de ne pas avoir à me dire que ce n'étaient que des passages éphémères, des distractions qui n'atteignaient pas l'essentiel. Recife nous fournissait, à Teresa et à moi, une échappatoire.

Nous étions dans une intimité totale, au cœur d'un espace que nous découvrions. Je ne m'attendais pas à des confidences et je craignais même l'expression de ses sentiments. Lui dire que je l'aimais serait la porte grande ouverte à l'incertitude. Allions-nous vivre dans un espace où nous nous reconnaissions?

Adoptant un ton neutre, je lui demandai quand elle avait l'intention de venir à Montréal. Elle fut plus qu'étonnée. Consternée. Montréal? Pourquoi? Comment?

— Pour qu'on soit toujours ensemble.

Elle n'avait pas l'air de comprendre.

— Mais nous sommes toujours ensemble au Brésil.

— Je rentrerai à Montréal.

— Et tu reviendras. Je serai là.

— Tu m'attendras?

— Évidemment.

— Même si cela durait des mois?

— Comme ma mère attendait mon père marin. Ses voyages duraient parfois des mois.

— Je ne navigue pas et tu serais bien dans mon appartement à Montréal.

— Et qu'est-ce que je ferais à Montréal? Je suis chez moi au Brésil et je ne pourrais pas vivre ailleurs. Toi, tu peux rester ici. Tu écris sur l'ordinateur, ici comme ailleurs.

C'était comme si elle posait sa main sur ma bouche. C'était clos, fermé. Pour sortir de l'impasse, nous nous dirigeâmes vers la maison de Gilberto Freyre. Un musée dédié à la mémoire des esclaves. Maison des maîtres, vaste, ensoleillée. Le sous-sol, grand lui aussi, sans cloisons. Là vivaient les esclaves. Alignés les uns à côté des autres, ils dormaient, mangeaient, faisaient leurs besoins. Les maîtres avaient tous les droits sur leurs existences et faisaient main basse sur les femmes. De ces unions est née une population, en majorité composée de métis. Les fils des propriétaires sélectionnaient ensuite les vierges à peine nubiles.

Ces enfants de maîtres considéraient la contamination par la syphilis comme une marque de virilité et leur honneur était mis en évidence par la maladie des vierges. D'où le nombre considérable d'estropiés, de handicapés de toutes sortes qui peuplaient les rues de Bahia et de tout le nord-est du pays. Freyre avait décrit en détail cette forme de barbarie qui se qualifiait et s'affichait comme une marque de civilisation. Teresa s'y arrêtait sans acrimonie, sans révolte.

Je ne lui avais pas fait état de ma surprise. Pour elle, c'était le récit des faits, une histoire qui imposait ses conditions. Elle pouvait comprendre l'humiliation et la souffrance de ses ancêtres, mais il serait trop tard, futile de se révolter. Métisse, elle descendait autant des bourreaux que des victimes. J'avais du mal à partager cette absence totale d'indignation et quand je lui en fis part, elle me donna raison : je prenais connaissance de faits révoltants et ma réaction était justifiée. Elle en était le produit, mais il ne s'agissait pour elle ni de sentiment ni d'émotion. Je me suis abstenu de tout débat. Nous appartenions à deux mondes et il eût été impossible de partager ce passé.

J'ai attendu le lendemain pour l'interroger sur ce que j'étais pour elle. «L'homme», me répondit-elle. En un mot. C'était tout. Elle ne comprenait pas mon insistance. J'étais l'homme et elle était la femme.

Et l'amour ? C'était entendu, puisque nous étions ensemble. Elle était parfaitement douée pour la parole et décrivait la maison des maîtres et des esclaves avec une éloquente précision de détails. Mon article était déjà rédigé. Je n'avais qu'à enregistrer ses mots dans ma tête. L'amour, le sexe ne faisaient pas partie du domaine de la parole, des mots.

Je n'allais pas la provoquer, et sans doute la blesser, en lui demandant comment elle satisfaisait ses besoins sexuels en mon absence, sachant qu'à mon retour à Montréal, il ne m'était pas possible de réprimer mes pulsions, mes besoins de présence féminine.

Elle m'aurait rétorqué tout simplement que j'étais un homme. Elle n'était pas qu'une femme, mais Teresa. Dans la rue, elle lorgnait au passage des enfants et semblait n'attendre qu'un signe de ma part. En mon absence, elle poursuivait son travail de guide. Elle vivait seule, mais parmi les siens.

Si je n'étais pas pressé de lui demander de me présenter à ses parents, c'était pour éviter l'implicite demande en mariage. Entre nous, le décalage était évident. Je n'y pouvais rien et cela m'arrangeait. En sa présence, les problèmes et les véritables impasses revêtaient un caractère d'un futur lointain et improbable.

J'étais immergé dans un bonheur qui recouvrait corps et sentiment. Tout le reste sombrait dans ce qui ressemblait à de l'insignifiance. Quand elle me quittait pour vaquer à ses occupations, je ressentais son absence comme une profonde plongée dans la solitude.

Il était évident que j'allais bientôt quitter le Brésil, ne prolongeant mon séjour que de quelques jours. Je retardais ma démission de la Presse canadienne, porteuse de précarité et de manque de moyens. Cela me permettrait de déménager au Brésil sans imaginer possible une vie permanente à Bahia. Je serais alors un éternel étranger et mon bien-être dépendrait totalement de Teresa. Ce serait à moi de pénétrer son univers, de connaître sa famille et son entourage. Et je ne serais plus là à la recherche du matériel pour un texte.

Nous sommes retournés à la maison de Gilberto Freyre. Teresa ne fournissait que peu de réponses à mes interrogations. Elle réagissait peu à mes remarques. Elle avait tout dit. Une absence totale d'opinion. Était-ce un paravent pour se protéger ou plus simplement l'acceptation d'une ignorance douillette ?

Sa réaction fut pénible pour moi quand je lui annonçai mon départ. Ni regret ni attente de retour. L'indifférence. C'était une condition tacite de notre lien. Tant que je ne couperais pas le fil, elle serait là pour me recevoir, comme si je n'avais pas bougé. Son désir serait en veilleuse. À moins que… Je stoppai net la course d'une imagination maléfique porteuse d'angoisse.

Dans l'avion du retour, je me retins de regarder les femmes qui m'entouraient. Teresa était dans mon esprit et mon corps sans que je réussisse à recomposer sa silhouette. Comme si elle interdisait toute représentation, de sorte que l'imaginaire était frappé de stérilité. En la quittant, je ne lui avais pas fait de promesse. Elle tenait pour acquis que nous allions nous retrouver. Nous étions ensemble, homme et femme, des époux sans certificat de mariage.

La voix de la ville muette

Mon retour à Montréal fut à la fois un déchirement et un réconfort. Les rues et les magasins me semblaient doublement familiers. Les avais-je véritablement regardés avant mon départ ? Je les scrutais dans l'attente d'une réponse. Rien. La ville demeure muette pour ceux qui ne l'habitent pas.

Il n'était pas question d'un apprentissage, d'une nouvelle prise de contact, car cela aurait signifié la négation de tout un passé qui, loin d'être un poids, produisait du vide. Teresa était présente, m'habitait et me réduisait à n'être qu'un fantôme. Je n'étais nulle part. La vie ne reprendrait sa course que sous les nuages, le soleil et les bruits de Bahia et du Brésil qui en était l'extension.

Au bureau, j'accomplissais mon travail sans être sous l'emprise du rêve et du sentiment de séparation. Je n'avais pas à forcer mon esprit à la recherche des mots et des phrases. J'obéissais sans effort à un mécanisme, comme si la fatigue était imperceptible tout autant que le repos qui en serait la réparation.

J'ai passé toute une nuit les yeux grands ouverts. Le sommeil me paraissait comme une plongée dans l'absence. Teresa vivrait mon départ comme une réalité qui n'interdirait pas ma présence. Dans un mois ou dans six mois, elle se presserait dans mes bras comme si je l'avais quittée la veille.

Je sentais l'angoisse s'infiltrer dans mon être, me gagner insidieusement. Il fallait que je récupère le droit d'exister, de ressentir le manque, de souffrir de la séparation. Teresa n'était pas impliquée dans ces soubresauts de sentiments auxquels je m'employais à échapper, mais qu'il me serait impossible d'ignorer longtemps.

Erna

Le magazine américain où mon article sur Bahia avait paru me réexpédia la lettre d'une lectrice de Montréal. Elle exprimait sa gratitude d'avoir découvert, grâce à moi, un coin de monde inconnu, où elle avait envie d'aller, mais elle redoutait la froideur de l'accueil qu'elle recevrait. Elle me demandait si je connaissais d'autres lieux aussi intéressants à lui faire découvrir. Elle habitait avenue Atwater, à deux pas de chez moi.

Seul, le soir, je fus saisi par une fébrilité incompréhensible. Il était trop tard pour appeler Teresa, d'autant plus que nos conversations se réduisaient à décrire nos occupations de la journée. Sans réfléchir, j'ai appelé la lectrice. Erna.

— Quelle surprise! Ainsi, vous habitez Montréal. Nous pouvons nous rencontrer?

Elle était pressée de fixer un rendez-vous. Le lendemain. C'était samedi et cela tombait bien.

Elle sonna chez moi en avance. Toute enthousiaste, volubile. Elle ne s'attendait pas à ce que je sois si jeune.

— Nous avons le même âge, affirma-t-elle hâtivement.

Je tentais de traverser la vision de ce visage, en quête d'un arrière-plan, un invisible au-delà. Elle enleva sa veste et ses bras nus me ramenèrent au ras du sol. J'avançais pas à pas, avec précaution. Des jambes bien charnues, des chevilles fines, la taille légèrement épaisse, des seins ni lourds ni trop petits, s'harmonisaient avec un corps élancé. De longs cheveux blonds, qui lui couvraient épaules et bras, une grande bouche, des lèvres sensuelles, un petit nez, et des yeux bleus flamboyants aux sourcils bien dessinés. Maquillée sans lourdeur, discrètement.

Dans le bonheur et l'embarras, mon désir s'éveillait d'une longue immobilité. Dépouillé de mes défenses, je résistais, perdant graduellement des plumes. Il ne fallait surtout pas succomber. Je l'écoutais dire son plaisir de me voir, admirer la luminosité de mon appartement.

— Le mien n'est pas très joyeux. Il faudrait que vous me rendiez visite.

Je la suivais, elle qui traçait toute seule la voie, sans ambages. Je la dévisageais. Elle n'exhibait pas ses attraits et cependant son corps m'attirait comme un aimant. Teresa demeurait présente dans ma tête et freinait l'élan de mon corps. Erná provoquait néanmoins des fourmillements dans mes doigts. J'étais paralysé face à elle dont les gestes et les intonations prodiguaient sans compter des promesses d'intensité. Elle me parla de sa mère remariée à la suite de la mort de son père, un homme d'affaires dont elle avait hérité. Elle tentait d'écrire, prenait des cours de création, composait des vers et était déçue que je n'aie aucune ambition littéraire.

Je me décrivais comme un journaliste en quête de sujets qui plaisent et qui attirent. J'évitais de m'égarer dans les illusions de démontrer, de prouver, de tenter de changer le monde. Je n'allais pas me vanter que je jouissais déjà d'une réputation professionnelle, qu'on traduisait mes articles et que bientôt je pourrais quitter mon emploi. J'écartais toute allusion à un lien possible entre nous.

Elle se leva pour me faire ses adieux.

— Quand serais-tu libre pour venir dîner ou déjeuner chez moi?

— Lundi ou mardi prochain, dis-je automatiquement.

Elle inscrivit son adresse et son numéro de téléphone.

— Tu peux venir lundi à six heures. Nous prendrons l'apéritif.

∽

Son appartement était meublé de façon disparate: canapé, fauteuil, table sans doute achetés dans des encans ou chez des brocanteurs. Sur les murs, des photos de famille en tenue de ski ou au bord de lacs, en maillots. Au centre, un grand portrait d'elle. Elle m'accueillit en me tendant ses joues. Nous n'étions qu'amis.

Elle s'était sûrement aperçue que je ne désirais pas aller plus loin et elle ne tenait pas à précipiter le mouvement, semblant peu soucieuse de la suite de notre relation. Elle portait un chemisier orange à manches courtes et une jupe noire moulante. Elle me proposa un verre de vin et posa sur la table du salon des assiettes de pistaches, de biscuits et de petits gâteaux. Elle s'informa sur mes prochains voyages et exprima à nouveau son vif désir de connaître le Brésil.

— Je ne fais pas de tourisme et, à première vue, les monuments et les sites qui font l'objet de mes enquêtes peuvent sembler sans intérêt.

— Ce n'est pas ce que tu révèles dans tes articles. Tu nous fais pénétrer dans des lieux de mystère, quasi invisibles ou interdits. Tu es l'explorateur des énigmes.

Elle exagérait, mais j'étais flatté, surtout que son ton était celui d'une adepte pleine de conviction.

— Et quand aura lieu ta prochaine expédition?

— Dans deux ou trois mois.

— Encore le Brésil?

— Oui, mais une autre région. C'est un pays vaste comme un continent. J'irai ailleurs plus tard. Il faut bien que je gagne ma vie.

Elle me regardait avec l'intensité innocente d'un enfant. Un monde insolite surgissait, un monde dont aucune autre femme ne m'avait fait soupçonner l'existence. Le désir, d'un caractère et d'une forme inconnus jusque-là, montait à la surface.

J'avais envie de la déshabiller, de la mener au lit, mais d'abord de l'entendre parler, s'exclamer, rire. J'avais le sentiment de découvrir en elle la femme. Les gestes doux, faits sans effort, une tenue de corps tout en mouvement qui se déployait, une invitation à quitter le coin où je m'enfermais pour la suivre et participer à la danse.

Toujours en coulisse, Teresa était là, douce, sans gravité, son corps obéissant à un code, un espace que je n'avais plus à quitter en dépit des déplacements et des absences. Avec Erna, j'étais dans un ailleurs où tout était prévu pour que je me sente à l'aise, chez moi, dans ma propre ville, un monde que j'ignorais ou que je repoussais. Nous eûmes le sentiment d'avoir épuisé toutes les conversations.

— Excuse-moi de te poser une question brutale. Aimes-tu les femmes? Remarque que ça ne changerait rien pour moi.

— Oui. J'aime les femmes. J'en ai connu autant que tu as connu d'hommes.

Sa joie était contagieuse.

— Je suis si contente d'apercevoir dans ton regard un désir. Je ne te répugne pas. Je le sens maintenant, je le sais. Je ne suis pas une reine de beauté, mais une femme qui te déclare ouvertement que tu lui plais.

Elle détourna la tête, embarrassée, comme si elle était allée trop loin dans la course, sans possibilité de retour.

À quoi étais-je fidèle et à qui? À Teresa sans doute, qui ne pose jamais de question. Moi non plus, du reste. Notre relation fermait la porte à toute jalousie. J'étais au seuil d'un foyer accueillant et n'osais pas le franchir. Me levant, je tirai Erna de son siège, la pris doucement dans mes bras. Un désir vif mais sans brutalité. J'ai longuement caressé ses lèvres avec les miennes.

— Je mourais d'envie que tu le fasses.

À nouveau sur le canapé, je l'ai fait asseoir sur mes genoux.

Je faisais irruption, une entrée fracassante dans un univers magique. Nous faisions lentement, doucement, l'amour, comme pour absorber chaque instant dans sa plénitude. Nous nous prodiguions des mots doux, des baisers furtifs, des caresses à peine ébauchées, comme si nous craignions d'enfreindre une règle, d'abîmer un ensemble fragile, de rompre une harmonie.

J'accueillais la différence de nos corps, de notre esprit, de nos mouvements. J'étais l'autre qui se dissout dans l'ailleurs et se retrouve totalement autonome en même temps. Une plénitude dont je n'avais jamais soupçonné l'existence.

Erna n'était pas avare de ses mots ni de son corps. J'avais du plaisir à nommer ses seins, ses fesses, leur octroyant une existence propre. Je fouillais ses aisselles, tous les recoins de son corps pour les libérer de l'odeur de la savonnette. Était-ce cela l'amour?

Et Teresa? Elle tenait autrement sa place. Son monde était celui de la permanence, de la continuité, alors que celui d'Erna était le foisonnement infini de l'instantané. Ai-je vraiment perçu Teresa dans l'intonation de sa voix, dans les gestes de sa main, de ses bras insaisissables?

Je guettais Erna et allais de surprise en surprise dans l'attente d'une joie jamais comblée. Ce n'est que plus tard que j'ai pris conscience d'avoir connu le bonheur. Une effervescence cachait toutes les incidences et m'empêchait d'en analyser la substance. Ai-je passé ma vie dans l'absence? Quoi qu'il en soit, nous ne nous quittions plus.

Elle ne me laissait seul, me disait-elle, que pour que j'aie le temps d'écrire mes textes. J'y décrivais Recife et Bahia, les inventant au besoin à son profit, sans les embellir, mais en les évoquant avec des mots qui, en présence de Teresa, auraient semblé futiles et ridicules. Erna les accueillait comme des cadeaux. «Tu écris si bien», répétait-elle. «Oui, sauf que je ne suis pas un écrivain. Je ne peux plus prononcer un mot sans qu'il ne te soit adressé.»

Elle me faisait accélérer le rythme et à peine terminais-je un texte que je me précipitais pour en commencer un autre. Les phrases les plus ordinaires revêtaient, sous son regard, un brillant éclat. Habité par elle, mon territoire disparaissait dans la

transparence, de sorte que l'ennui et la monotonie que je déplorais auparavant se muaient en
relents, en vestiges d'un passé que j'avais traversé
dans l'opacité. Mon amour illuminait tous les
moments que je n'avais su vivre jusque-là qu'à
moitié. Mes articles n'étaient plus que des paren-
thèses volées au déroulement d'heures de plénitude
et d'intensité.

Erna était aussi impatiente que moi. Je me
sentais léger en marchant, comme si je survolais
le sol. Nos étreintes ne m'apaisaient pas et elle
me manquait même quand je la tenais dans mes
bras. Nous ne cessions de réitérer nos déclarations d'amour sans tomber dans la banalité ou
l'habitude.

Sa voix me pénétrait et ses vibrations me faisaient frissonner comme si je n'avais pas vécu
avant de la connaître. Cela décuplait mon énergie
au travail. Je devais gagner chacune des heures
avec elle. Chez elle, l'absence de vivacité ne durait
que de brefs moments et je les attribuais à la
fatigue à laquelle je la soumettais. Puis des questions essentielles surgissaient et me hantaient,
surtout quand elle fermait les yeux et gardait le
silence. Était-ce une absence involontaire ou
m'épargnait-elle des préoccupations ? Ses effusions
étaient aussi fortes même si elles duraient moins
longtemps.

Les points de départ se poursuivaient sans
interruption, sans indication d'arrivée et, quand

nous nous assoupissions, nous ne nous soumettions pas au sommeil, mais à une autre manière d'être ensemble. Que mon interrogation puisse déboucher sur le doute m'inquiétait si fortement que je me taisais pour ne permettre à aucune réponse de m'atteindre.

Où l'amour s'éteint

La catastrophe fut d'une puissance insupportable. Je côtoyais l'abîme dont je ressentais atrocement la profondeur. Deux jours interminables. Elle était partie au début de l'après-midi, sans que je lui demande où elle se rendait ni ce qu'elle allait faire, car elle m'en ferait, comme d'habitude, le récit détaillé à son retour. Je l'attendais pour dîner et j'étais installé à mon bureau, comme si de rien n'était.

Mais le temps a passé sans aucune trace de sa présence. Un silence de glace. Elle n'était peut-être qu'en retard. Il faisait beau et les taxis abondaient. Sept heures, rien. À huit heures, mon inquiétude croissait. J'ai évidemment appelé chez elle. Pas de réponse. La nuit avançait. J'appelais tous les quarts d'heure. En vain.

Je n'ai pas fermé l'œil. Le matin, j'ai découvert une enveloppe glissée sous la porte. Je ne savais pas depuis combien d'heures elle gisait là. Les mains tremblantes, j'ai soustrait la feuille. Trois lignes à peine. «Edgar, je ne vais pas venir ce soir, ni demain. Ne cherche pas à me joindre. Je ne suis pas seule. Je suis avec un homme. Il n'y a rien à expliquer. Je te demande de m'oublier. Tu y arriveras. Erna.»

Pendant des jours et des nuits, je vécus un cauchemar dont je n'imaginais pas le terme. N'avais-je vécu qu'un rêve, un leurre, une illusion? Ma stupéfaction me plongeait dans une hébétude sans fond. J'accomplissais mécaniquement mes tâches à la Presse canadienne. Une diversion et un rappel que la vie poursuivrait son cours quelles qu'en fussent les conditions.

J'étais tellement sonné que je n'apercevais pas mon propre malheur. Mes collègues, eux, m'annoncèrent que j'étais en pleine dépression. L'un d'eux m'assura que je m'en sortirais, que j'étais assez fort et qu'il me suffisait de m'armer de patience.

Je ne sais plus si ce fut deux ou trois semaines plus tard que le téléphone sonna. Teresa. Étais-je malade? Je ne lui donnais plus de nouvelles. Ce monde s'était si soudainement évanoui. Non, je n'étais pas malade et j'étais heureux d'entendre sa voix. C'était un mauvais moment à passer. Je lui expliquerais. Il fallait me préparer à un nouveau départ au Brésil, à un autre lieu. À d'autres sources d'énigmes et de mystères.

J'ai rappelé Teresa le lendemain. Dire qu'elle fut inquiète ne correspondrait pas à son caractère. Elle devait se rendre à Belém trois semaines plus tard, pour accompagner six Américains qui parcouraient le Brésil. À Bahia, puis à Belém d'où ils prendraient l'avion pour New York. Elle m'y attendrait. L'Amazonie serait une riche source d'articles dont elle s'apprêtait à préparer la liste.

Ainsi, sans en avoir l'air, inconsciemment, Teresa me tirait du gouffre. Par un stupide souci d'honnêteté, je n'allais quand même pas lui raconter le cauchemar qu'Erna m'avait fait subir, même si sa figure me hantait à tout moment de la journée. Le mauvais rêve était celui d'un bonheur dont je ne soupçonnais pas l'existence. Teresa, entière, réelle, occupait toute sa place dans son univers.

Allais-je m'y retrouver, alors que celui que m'avait révélé Erna éclaboussait encore ma conscience et mon regard? La nostalgie, l'immense désespoir étaient plus forts que la volonté de m'en libérer. Je me suis remis en marche, le pas pesant, surmontant péniblement une immobilité plus forte que mon désir de m'en sortir.

La figure de Teresa ne brillait guère, comparée au scintillement d'Erna. L'espoir du retour d'Erna persistait en dépit du doute, de toute parole, de tout lien, de toute femme. Teresa rétablissait un équilibre précaire. Aurais-je jamais la naïveté de croire Erna, dont le brutal départ avait fait s'effondrer toute foi en l'avenir?

Teresa ne promettait rien. Elle ne me conduisait pas à me soumettre à quelque supercherie. Belém au cœur de l'Amazonie est relié par un vol direct de New York. J'avais prévu mes points de chute : le parc découpé dans la forêt amazonienne, le musée amérindien, en plus des hasards des rencontres. L'image d'Erna me poursuivait, un bonheur dont j'étais brutalement délesté.

Je lui en voulais de ne plus être là, retardais l'heure de mon retour du bureau, cherchant un café où je n'étais jamais allé avec elle. Rentrant chez moi, je me contentais d'une soupe et d'une tranche de pain pour dîner. Je m'allongeais ensuite, écoutais la radio que, agacé, j'éteignais aussitôt pour m'assoupir, me débattant entre le malheur qui m'accablait et mon rêve de bonheur, de retour.

Teresa m'a extirpé de cet engrenage. Elle m'a fait changer de territoire. J'ai pris congé pour ne plus me presser. Le Brésil serait mon territoire le temps qu'il faudrait. Loin des explosions et des querelles, Teresa et moi avions appris à remplir les heures de notre présence. Finie la profusion des éclats d'Erna. Comment changer de place sans descendre la marche ? Teresa saurait me l'apprendre.

Le Brésil retrouvé

Il m'a fallu plusieurs jours pour m'habituer à l'humidité de Belém. La nuit, mon pyjama trempé, je me levais plusieurs fois pour me changer. Dans la rue, les passants ne tenaient pas compte de la transpiration qui leur dégoulinait constamment sur le dos, les bras. Teresa me donnait l'exemple.

Enfant, on m'avait appris que l'homme intelligent est celui qui s'adapte. Loin de Montréal, je n'avais pas le choix. J'ai commencé à parler le portugais. Était-ce mon vif désir de comprendre qui m'ouvrait à cette langue que je baragouinais toujours comme un enfant? L'eau de Belém imbibait mon corps et Teresa était l'axe inaltérable qui me rendait accessibles la ville, la langue, le climat.

Teresa m'attendait à l'aéroport et me conduisit à l'hôtel où, la porte de la chambre fermée, elle se déshabilla, me donnant le signal. Nous avons fait l'amour comme si nous nous étions quittés la veille. Sans effusion et sans mots. Nos corps se reconnaissaient. Nous étions ensemble loin de la supercherie du vocabulaire. Lorsque je l'étreignais, l'image d'Erna traversait mon esprit en un éclair et, en serrant Teresa, j'allais à la recherche de moi-même.

Contrairement à son habitude, allongée sur le lit, ayant repris son souffle, Teresa me dit, comme si elle avait tout deviné :

— Je suis contente que tu sois là.

C'était une déclaration d'amour.

Le lendemain, nous avions rendez-vous au musée. Des masques, des flèches, des objets de cuisine. Je manipulai une flèche, sous la surveillance du gardien. Sa chemise lui collait au dos. La région était infestée de maladies de toutes sortes, m'apprit-il.

Comment faisait-il, alors ? Sa vie n'avait été mise en danger que deux fois. Heureusement que la mort n'était pas au rendez-vous. Il adorait son travail. L'abondance des articles possibles me libérerait pendant des semaines de mon assiduité à la Presse canadienne. Teresa me conseilla de visiter le parc découpé dans la forêt avant ou après l'ouverture au public afin de m'imprégner du climat, d'avoir véritablement l'expérience de pénétrer l'Amazonie. Elle l'avait fait la semaine précédente avec le groupe d'Américains. Elle avait pris contact avec le gardien pour qu'il accepte de faire exception. Il s'attendrait à une récompense.

Expérience exceptionnelle. La profusion des fleurs, la luxuriance des plantes, des arbres. Un foisonnement de couleurs et de parfums. J'étais submergé par la nature exubérante, n'en étais qu'un minuscule élément.

Impossible de me tenir à distance. J'étais enserré dans un étau qui était liberté et fête. Happé par les sons forts et sourds, proches et lointains, sans que je puisse en discerner la source, une incertitude qui faisait naître en moi une peur obscure. J'étais muet. Les cris, les chants, les craquements affluaient de toute part.

Devinant ma frayeur, Teresa m'assura qu'il n'y avait pas de bêtes sauvages alentour. Des oiseaux inoffensifs, à l'exception des aigles et des vautours. Mon texte serait une évocation subjective. «Sois tout simplement l'homme que tu es sans regimber, me conseilla Teresa. Tu te découvriras poète.» Glissant son bras sous le mien, je me serrais contre elle, sans rechercher une protection, mais la présence de nos corps se fondant dans la réalité de la nature. Autonomes dans leur fusion avec les arbres et les plantes.

À Belém, je renaissais, j'allais au-delà de la trahison et de la fuite, je récupérais la substance intangible de mon corps dont la possession m'échappait et me comblait. Et Teresa? Elle se fondait dans cette rencontre, entamant une alliance, au seuil du sens. L'épisode d'Erna n'était même plus une parenthèse, mais un passage fortuit, sans conséquences, un fantasme avec lequel il ne fallait pas confondre l'attente de l'essentiel. Teresa ne me suggéra pas de prolonger mon séjour.

Un soir, après l'amour, je fus décontenancé de ne plus voir le détail de son corps. Ses bras et ses jambes se nouaient et se confondaient avec les miens et sa voix était un prolongement, un écho de la mienne. Elle était la femme, par conséquent interchangeable autant que je pouvais l'être moi-même.

Cela me terrifia. Car si l'absence disparaissait dans une présence, acquise une fois pour toutes, nous risquions de devenir invisibles l'un pour l'autre, une évanescence dans une permanence. Pendant la séparation, s'accuserait la communauté des corps où l'acte physique se dissoudrait dans un rituel.

Comment dire à Teresa que j'avais besoin de son amour, qu'il m'était essentiel de l'aimer? Elle réduisait mon amour pour Erna à un simple passage, un quasi-divertissement en dépit de son intensité. J'étais ailleurs et nulle part, Teresa était la femme, et cela me terrifiait qu'elle ne soit pas l'unique.

En niant l'absence, elle rendait la présence fortuite, normale, dirait-elle. Avec elle, le Brésil était le seul lieu de rencontre, une implantation forcée, temporaire. Je faisais exprès de ne pas en tenir compte à Belém, pas plus qu'à Recife et à Bahia.

C'était ma manière de nier la présence concrète, matérielle pour en épuiser tous les dons, tous les charmes. Je nageais dans le paradoxe. Je quitterais ce sol, je partirais forcément. Le Brésil serait un territoire de passage. Et il y aurait toujours un retour. Montréal était un socle ébranlé, mais un socle. Je revenais à l'immédiat pour me prémunir contre le sentiment de manque, et encore davantage contre celui de la solitude et du vide. Une femme partageait mon lit. À Belém comme à Montréal. Je balayais de la main la démission d'Erna, me rassurant de l'apparition d'une nouvelle égérie. Cela ne saurait tarder.

Et puis, j'avais mon travail et j'allais de l'avant dans les placements de textes. Ma démission de la Presse canadienne, quoique imminente, ne serait pas nécessaire. J'avais obtenu la liberté de prendre régulièrement des congés sans solde. Le Brésil était le point d'ancrage, mais rien ne nous empêcherait, Teresa et moi, d'effectuer des incursions dans les pays voisins. Certes, elle poussait des cris d'horreur chaque fois que je prononçais le nom de Sao Paulo et haussait les épaules à la mention de Rio. Le Brésil était le Nordeste et l'Amazonie. Elle ne l'imposait pas, mais était incapable de changer d'avis.

Le retour

Une semaine après mon retour à Montréal, j'ai reçu à la Presse canadienne une lettre d'Erna. Son escapade avait été de courte durée. Triste et rapidement oubliée. Elle ne cessait de penser à moi et attendait impatiemment mon retour pour reprendre sa vie qui ne se dissocierait plus jamais de la mienne. Elle n'avait pas à s'amender d'un moment de folie. Désormais, elle ferait attention. Elle tenait pour acquis que rien n'avait changé puisqu'elle revenait.

Quand j'ai franchi la porte de mes parents, où Didier, Ilona, Rodney et moi devions nous revoir, elle s'est précipitée dans mes bras avant que j'aie eu le temps de saluer mes parents et mes amis. J'étais confus, ne sachant comment repousser ce corps, source de tant de bonheur. Je l'ai regardée comme pour la première fois, sans l'empressement des retrouvailles. Elle n'était pas grande et avait des hanches bien épaisses. Désirable ? Assurément. C'était la femme de toutes les émotions, sauf que le rêve s'était envolé et la chimère dissipée. Une femme qui s'offrait. J'avais à peine le loisir de humer le parfum de son cou. J'atterrissais sans nul besoin de consolation, libéré d'un passé lourd et encombrant. Nous ferions l'amour avec les mots d'usage, sans effusion. Elle me rejoindrait de son propre chef.

Je contemplai les visages afin de ne pas être rejeté comme un étranger. Didier avait l'air satisfait. Il avait trouvé avec Ilona la richesse et l'aisance. Rodney avait une histoire plus longue et plus compliquée. Nous étions partis, chacun avait trouvé son propre chemin, et nous croyions nous rejoindre. Des reflets. Nous évitions la nostalgie qui condamnerait notre vie présente. Nous ne nous raconterions les uns aux autres que des histoires à moitié inventées, cachant souvent l'essentiel. Nous n'allions pas nous poser en juges, car nous n'étions pas en état de nous juger nous-mêmes. Nos existences s'accorderaient à nos volontés, du moins celles que nous affichions. Bref, ce n'était pas le temps des interrogations. Pas encore.

LE RÉCIT DE RODNEY

Doreen

J'ai loué un appartement au centre-ville, rue O'Connor. Mes parents m'ont suggéré mollement, comme pour la forme, de m'installer chez eux. Ç'aurait été inconfortable tant pour eux que pour moi. Ils m'ont offert des meubles, se débarrassant de chaises, de tables inutilisées et encombrantes. J'ai dû payer le reste, notamment un vaste lit pour deux. Mon père m'avait signalé des postes vacants à la fonction publique. Consultant les offres, j'ai posé ma candidature au ministère des Communications. Trois fonctionnaires m'ont interviewé pour évaluer mes compétences. Je fus engagé avec des précisions minimes sur mes responsabilités. Je dépendais d'une femme dans la quarantaine, juriste qui s'occupait des réunions des comités et des commissions. J'étais le junior, c'est-à-dire que mon lot était composé de petits travaux ennuyeux, surtout des traductions de rapports, essentiellement de l'anglais au français. Parfois, il y était question des nouvelles technologies. Autrement, il s'agissait de questions techniques sur les liens entre le fédéral et les provinces. Cela me paraissait répétitif et d'un intérêt très mince.

La patronne, Doreen, originaire de Windsor, était mère d'une fille de sept ans. Elle parlait rarement de son mari qui habitait à Toronto. Sans lui poser de questions, j'ai appris qu'elle était en instance de divorce. Se maquillant discrètement, elle portait toujours des ensembles gris ou beige. Nos rapports étaient formels et j'évitais toute tentative d'intimité. Le champ était libre, mais je n'allais pas m'embarquer dans une aventure sans lendemain pour remplir le vide. L'exemple de Didier était éloquent même s'il comprendrait mal mes réticences.

Doreen m'accueillait dans son bureau comme un visiteur attendu, ce qui ne l'empêchait pas d'être directe et efficace dans le travail. Je n'en manquais pas : des traductions, des rapports à résumer, à récrire. Parfois, j'y découvrais des indications récentes sur les technologies de communication. Cela excitait ma curiosité sans pour autant que j'aille jusqu'à me procurer les ouvrages de référence : je n'avais pas le temps. Le soir, je dînais parfois au restaurant avant de rentrer m'écraser devant la télévision. Il m'arrivait de résister à cet engrenage en m'engouffrant dans un cinéma. Seul, je n'avais pas l'énergie de chercher de la compagnie. Je me disais qu'une fois les tâches assimilées, j'aurais assez de connaissances pour chercher ailleurs et, au besoin, quitter

Ottawa. Je vivais dans le temporaire, dans une attente infinie.

Un après-midi, j'allai frapper à la porte du bureau de Doreen pour lui remettre une traduction. La porte était entrouverte. Sa tête, entourée de ses bras, couvrait la surface de son bureau. J'ai toussoté pour signaler ma présence. Elle leva la tête et me pria de fermer la porte. Les yeux rouges, le visage grimaçant, elle me demanda de m'asseoir.

— Excuse-moi. Je vais être à toi.

Mais elle s'effondra en pleurs, le corps secoué de spasmes.

— Je suis si malheureuse !

Je me suis levé et, me plaçant à côté d'elle, je lui ai caressé furtivement l'épaule. Elle a appuyé sa tête contre moi.

— Tu es gentil, dit-elle frottant sa joue, son front contre moi. C'est tellement bien que tu sois là.

Je ne trouvais rien à dire. Elle allait me débiter son malheur et cela m'embarrasserait de ne pas compatir et, encore moins, la prendre en pitié.

Se levant en sursaut, elle se précipita vers la porte.

— Attends-moi. Je reviens.

Je suis resté un bon moment devant la fenêtre. Il faisait gris et il pleuvait légèrement. Elle revint, maquillée, prête à sortir.

— Que fais-tu ce soir ? Si tu es libre, je te demanderai de m'accompagner chez moi. Je suis incapable de faire toute seule le chemin.

Elle n'était plus la patronne, mais une femme en détresse, qui appelait au secours. Je n'avais pas le choix, aussi bien me montrer bien disposé.

— Je t'accompagnerai volontiers.

Elle habitait la Côte-de-Sable. Elle me donna le bras, se serra contre moi en se dirigeant vers sa voiture au stationnement. S'étant remis du parfum à la salle de bains, elle sentait bon. Dans la voiture, elle posa la tête sur mon épaule.

— Tu es tellement gentil de m'accompagner. Tu sais, je te trouve très bien. Je t'aime beaucoup.

Son appartement, bien rangé, resta dans la pénombre.

— On va se reposer un peu et je préparerai ensuite le dîner. Des pâtes. Tu veux bien ?

— Avec plaisir.

Elle me quitta, chercha une bouteille dans un placard, revint avec deux verres.

— Tiens, tu vas me servir. Ce soir, tu es l'homme.

Soupirant, elle m'entoura la taille.

— Il faut que je te dise. Ç'a été une journée bien dure pour moi. Horrible. Thomas, mon mari, je devrais dire mon ex, est revenu à Ottawa. Avec une fille. Je ne l'ai pas vue et je ne veux pas la voir. Nous ne sommes pas divorcés, mais il se comporte comme s'il l'était. Il réclame Julia, notre fille, une semaine sur deux, car sa nana a un garçon du même âge. Ça rétablit l'équilibre, prétend-il. Il peut demander le divorce sans demander mon avis.

C'est la loi au Canada. Nous sommes séparés. Deux résidences. Nous ne sommes donc plus ensemble.

Assis sur le canapé, au salon, je l'ai sentie contre moi, le bras autour de mon cou, sa bouche toute proche, et j'ai collé mes lèvres sur les siennes. Elle me caressa, sentit mon désir.

— Viens, nous serons mieux allongés.

Cela faisait si longtemps que je n'avais pas eu de femme entre les bras. Autant bien jouer mon rôle de mâle, et prendre les devants. Lui ôtant son chemisier, je caressai ses seins. Elle défit la fermeture éclair de mon pantalon. Nous avons fait l'amour dans la précipitation.

— Quel merveilleux amant, me dit-elle. Je prends goût à toi. Reste encore un peu.

Nous avons repris l'étreinte lentement, dans la douceur.

— Rodney, mon chéri. Tu me fais tout oublier pour me faire renaître en femme. Cela fait si longtemps. Je vais te garder ce soir. Tu veux bien ?

— J'ai très envie de rester. J'ai envie de toi, dis-je avec conviction.

— Répète-le, mon chéri. Cela fait si longtemps qu'un homme n'a eu le goût de ma peau. Je suis à toi. Je me donne. Prends-moi encore et encore.

Puis, se levant, elle reprit :

— Il faut que je te nourrisse et que je mange pour renouveler mon énergie. La tienne semble inépuisable.

À la cuisine, collé contre elle, je participai à la préparation du repas.

— Tu peux mettre la table? Les assiettes sont dans le placard, devant toi.

Elle mettait ainsi en route une complicité. Nous étions détendus, dans un accord établi naturellement. Nous ne demandions de réponses qu'à nos corps et ils nous les prodiguaient. À la fin du repas, nous avons regardé les nouvelles à la télévision. Doreen se retira dans la chambre et revint en robe de nuit, un pyjama à la main.

— Tiens, c'est propre. Tu peux le porter.

Je l'ai regardée, surpris, hésitant.

— Tu ne vas tout de même pas rentrer chez toi. Nous sommes seuls ici et personne ne nous dérangera.

Je décelais le ton de ma directrice. Le pressentant, elle reprit le pyjama et s'assit sur mes genoux, m'embrassant goulûment.

— Je te supplie de rester. Je me sentirais terriblement seule si tu partais.

Douce, fragile, une petite fille qui quémande. Mon désir ne me laissait pas le choix. Nous avons passé des heures au lit. Il n'était plus question de la quitter. Le lendemain, avant de me rendre au bureau, je suis passé chez moi pour me raser et changer de chemise.

Au bureau, Doreen reprit son rôle de chef, de patronne. Avec un ton nouveau, modifié, toutefois. Au-delà d'une hiérarchie inchangée, nous étions partenaires et elle commandait, lançait ses ordres sans réclamer de soumission. Tacite, mon consentement n'était pas exigé.

— Tu m'accompagnes ce soir, dit-elle à la sortie du bureau.

Un ordre plus qu'une demande. Mais j'avais envie d'elle et elle le sentait.

— Nous pouvons passer chez toi pour que tu prennes ton rasoir, ta brosse à dents, ton pyjama.

Nous avons passé la semaine en couple, impatients de réunir nos corps. À notre départ du bureau le vendredi, elle m'annonça :

— Julie va être là, ce soir. C'est une gentille fille. Tu verras. À moins que son père n'ait réussi déjà à la déformer. Il doit s'annoncer à l'heure du dîner.

À la sonnerie à la porte, elle se précipita. Julia était seule. Son père l'avait déposée et avait repris l'ascenseur. Il n'aurait pas à adresser la parole à l'épouse abandonnée et remplacée.

Mince, quasi maigre, les cheveux bruns lui couvrant la moitié du visage, de petits yeux, une grande bouche, la petite fille me sembla presque vilaine. Doreen lui dit mon nom pour me présenter, sans me qualifier. La petite fille cherchait sa place.

— Je vais déposer ton sac dans ta chambre, dit la mère d'une voix traînante, méconnaissable.

Me jetant à peine un regard, Julia gagna sa chambre. Doreen réchauffa le poulet qu'elle avait préparé. Revenue, la petite fille demeura immobile, inerte.

— Tu dois avoir faim, Julia? Commence à manger.

— Je n'aime pas le poulet, fit l'enfant renfrognée.

— C'est pourtant ce que tu préfères. Je l'ai acheté exprès pour toi.

— Je n'aime plus ça.

— Veux-tu que je te prépare une omelette?

— Je n'ai pas faim.

— Comme tu veux. Il y a un gâteau au fromage pour toi. Je sais que tu aimes ça.

Après avoir avalé quelques bouchées, la petite fille déposa sa fourchette.

— Tu n'en veux plus?

— Non. Je ne l'aime pas.

— Tu peux aller jouer dans ta chambre avant de te coucher.

Sans nous regarder, la petite fille se traîna jusqu'à sa chambre. Doreen chuchota:

— C'est sa manière de bouder. Je la laisse faire. Elle reviendra.

À peine avions-nous terminé de manger que Julia refit apparition.

— Je veux appeler papa.

— Pourquoi?

— Pour lui parler. Pour qu'il vienne me chercher.

— Il n'en est pas question. Tu passes la semaine avec moi. Je suis ta maman. Ton père te reprendra la semaine prochaine.

Muette, Julia, plantée devant nous, ne bougea pas.

— Va jouer dans ta chambre. Tu me diras si tu as faim.

— Veux-tu que je joue avec toi ? intervins-je.

— Ne te mêle pas de ça. Il faut qu'elle apprenne à vivre. Je suis allée chercher le poulet qu'elle aime. Tant pis pour elle si elle le repousse.

Regagnant sa chambre, Julia s'allongea par terre, grogna puis se mit à pleurer bruyamment.

— Ne bouge pas, m'intima Doreen.

Je me sentais coupable de priver la petite fille de sa mère. Celle-ci laissa passer quelques minutes, puis se rendant dans la chambre de Julia, la souleva, la pressa contre elle.

— Arrête, Julia. Ça suffit.

La tête enfoncée dans la poitrine de sa mère, elle hoqueta, puis se tut.

— Viens, dit Doreen, tu vas manger ton poulet.

Je me suis tenu loin de la table, à l'écart. Obéissante, Julia, les yeux braqués sur sa mère, qui lui caressait les cheveux et le cou, mangeait en silence, évitant de se tourner dans ma direction. Quand elle eut terminé, sa mère l'embrassa, lui disant :

— Tu sais que ta maman t'aime.

Se lançant dans les bras de sa mère, Julia l'entoura de ses bras, la tête au creux de son épaule.

— C'est le moment d'aller te coucher.

Toujours muette, Julia se leva.

— Dis bonne nuit à oncle Rodney.

Se tournant vers moi en se précipitant dans sa chambre, la petite souffla, sans me regarder :

— Bonne nuit.

J'étais désormais l'oncle, oncle Rodney. Doreen ne protesta pas quand je lui annonçai mon départ.

— Demain, je vais voir mes parents à Gatineau.

Je n'en avais jamais parlé et elle ne posa pas de questions. Depuis mon retour, je leur rendais visite le dimanche pour le déjeuner. Ma mère commandait des pizzas et mon père versait le vin. C'était un prétexte pour en boire, m'apprit ma mère. L'alcool lui était déconseillé par le médecin. Tous deux à la retraite, ils n'avaient ni amis ni famille et passaient leurs soirées devant l'écran de télévision après une promenade de santé, beau temps mauvais temps. Ma visite, attendue, ne leur faisait pas particulièrement plaisir. J'étais le fils absent. Ma sœur, à Toronto, les appelait immanquablement le samedi soir ou le dimanche matin, même quand elle était en vacances ou en voyage. Ce dimanche était bien spécial.

— Nous avons décidé de nous installer bientôt en Floride, m'annoncèrent-ils.

Les rides de leurs visages ne m'avaient jamais autant frappé. Ils se déplaçaient avec lenteur et étaient avares de mots comme s'ils les avaient épuisés. C'était à moi d'alimenter la conversation, cherchant vainement, désespérément les sujets qui retiendraient leur attention. Politique, spectacles, le temps qu'il fait. Je n'avais d'autre recours que de parler de mon travail, des nouvelles technologies. En leur présence, j'étais accablé par une solitude inconnue à Montréal. Je fus presque soulagé d'apprendre leur départ. Je n'aurais plus le sentiment de culpabilité, de les négliger et de leur rendre des visites obligées, encombrantes et pesantes.

Avant de rentrer chez moi, je me suis promené au marché. Des couples attablés dans des restaurants divers : marocain, français, mexicain. Je n'allais pas m'attabler tout seul. Soudainement triste, je me suis dit que le repas de midi était trop riche et que je n'avais pas faim.

À la sortie du bureau le lendemain, j'ai prévenu Doreen que j'allais rentrer chez moi. Elle grimaça de déception.

— Julia est encore une petite fille sauvage. Ça lui passera.

— Il faut que tu t'en occupes, lui conseillai-je, conscient que je me mêlais de ce qui ne me regardait pas, tout en déplorant ma maladresse de m'enfoncer dans une relation sans issue.

Il n'était pas question que je prenne en charge, ne fût-ce que légèrement et de loin, une enfant qui refusait de me regarder. D'un accord tacite, nous avons attendu le vendredi, et que Julia soit rendue à son père, pour nous retrouver corps à corps.

— Tu m'as terriblement manqué, me confia Doreen.

— Ça nous apprendra à nous attendre, ce qui excitera davantage notre désir.

Elle m'apprit qu'elle avait horreur des précautions, des cachotteries, et qu'elle se consacrerait à Julia durant ses semaines de garde. Libre à moi de leur rendre visite à condition de prévoir et d'accepter la mauvaise humeur de sa fille.

— Inutile de la provoquer, dis-je.

Déjà fragilisée par la séparation de ses parents, il n'était pas question que je lui fasse sentir que je lui enlevais sa mère. Au bureau, nous conservions les apparences des simples rapports professionnels. Ce dédoublement me libérait du sentiment de mensonge. J'assumais alternativement mes attitudes de fonctionnaire et d'amant.

Je m'acharnais au travail pour repousser l'ennui et la futilité. Je m'attardais sur tout ce qui concernait le livre, me rendant compte que la transmission des connaissances et des émois changeait de vecteur alors que le fond persistait. Dans ses écrits, Marshall MacLuhan prévoyait et décrivait la révolution des formes dont l'accélération indiquait le constant dépassement.

Mounira

Sur ma semaine de liberté pesait toujours une solitude implacable. Doreen était devenue mon lien au monde. Je ne me posais pas la question si je l'aimais et elle ne faisait aucune allusion à la nature de notre relation, sauf pour faire mention de la disparité de nos âges, de nos générations. Je la faisais taire en lui déclarant qu'elle était la femme, que mon désir n'avait pas d'âge, tout en sachant que je ne ferais pas ma vie avec elle, que je ne passerais pas ma vie à Ottawa.

Pour écarter l'angoisse de la solitude, j'allais dîner deux fois au restaurant au cours de ma semaine de liberté. À côté de celui qui s'affichait comme bistro français, une librairie restait ouverte les jeudis jusqu'à dix heures du soir. Je n'avais pas l'intention de me procurer de livres, la bibliothèque d'Ottawa me suffisait, mais c'était agréable de me tenir au courant des nouveautés dans mon domaine.

Je passais aussi en revue les CD de plus en plus nombreux. D'habitude derrière la caisse, la préposée offrait ses conseils quand les clients étaient peu nombreux. Une voix rocailleuse, presque masculine. Mince, les cheveux noirs, une peau brune, une petite bouche et des yeux gris. Affiché sur sa poitrine, son nom : Mounira Rachid. Un nom arabe et pourtant elle n'en avait pas l'air.

— Je viens souvent sans rien acheter, m'excusai-je un soir.

Un prétexte pour nouer la conversation.

— Vous n'êtes pas obligé.

— Ça me fait plaisir de consulter des livres, sachant qu'ils sont condamnés à la disparition.

Elle n'avait pas l'air de comprendre. J'ai décliné mon identité et la nature de mes fonctions, lorsqu'un client nous interrompit. C'était presque l'heure de fermeture.

— Je suis content de vous parler, dis-je, me sentant malhabile.

— Moi également.

Une réponse de vendeuse.

À ma visite suivante, profitant de l'absence de clients, je m'approchai d'elle.

— Votre nom m'intrigue.

— C'est un nom arabe.

— Je vois bien. Sauf que vous ne semblez pas l'être.

— Ma mère est canadienne et mon père égyptien.

— Un beau mélange. Un résultat réussi.

Ne sachant par quel bout reprendre la conversation :

— Vous avez un important rayon de CD.

— Oui, ça se vend bien.

— Le livre est en voie de disparition. Je vous l'ai dit.

Elle se contenta de sourire. J'ai repris mon discours et elle m'écoutait, les yeux brillants.

— Un jour, je vous proposerai de prendre un café pour vous faire part de ce qui se trame à notre insu, ce qui nous attend.

— C'est gentil. Ça me fera plaisir.

Une nouvelle connaissance. Une femme à qui parler. Je n'en soufflerais pas mot à Doreen qui me manquait, même quand je la voyais tous les jours au bureau. Les semaines de séparation, elle avait pris l'habitude de m'appeler avant de se coucher pour me souhaiter bonne nuit et peut-être aussi pour s'assurer que j'étais bien rentré.

Cela me réconfortait, car personne d'autre au monde ne s'inquiétait de mon existence. J'étais un homme et le monde était mon territoire. À moi de m'y installer. L'habiter ou le conquérir? Je ne voyais pas la distinction. Quand les frontières s'érigeaient trop visiblement, je ne cherchais pas l'évasion, mais la liberté dans le travail. Les livres, voués pourtant à disparaître, je le savais, demeuraient mon domaine, une percée sur un possible avenir.

Plusieurs fois, je pris le risque d'en débattre avec Doreen. Elle lisait les rapports, était donc parfaitement au courant. Mais elle ne se posait pas de questions. C'était juste le travail. Son avenir était tracé par sa maternité, et les documents qu'elle manipulait étaient son gagne-pain. Toute discussion revenait à des arguments déjà énoncés. Elle les repoussait en les traitant de spéculation philosophique, de prétexte pour camoufler des divertissements ou, au mieux, d'onirisme que j'évitais de reconnaître.

Nous étions ensemble, homme et femme, remplissions nos heures de solitude dans un quotidien qui bloquait tout changement. Elle avait une fille et son mari l'avait quittée. Notre lien était un cadeau qui la dégageait de l'engrenage des tâches de bureau. Nous avons tacitement décidé que je ne serais pas le père de son enfant, ni un substitut de son mari.

L'amour dans un monde inconnu

Innocents, les sourires et les regards de Mounira ouvraient toutes grandes les portes de la séduction. Je la redoutais, mais étais résolu à ne pas tomber dans le piège. J'avais déjà suffisamment aliéné ma liberté pour ne pas me laisser prendre dans d'autres filets.

Fréquentant assidûment la librairie, je m'arrêtais au rayon de littérature québécoise. Je me promettais de lire Anne Hébert, Hubert Aquin, Marie-Claire Blais. Leur réputation m'attirait, mais je remettais toujours à plus tard l'exploration de leurs œuvres sous le prétexte de manquer de temps. Quand Mounira était occupée avec un client, je feuilletais le rayon des romans français. Michel Tournier, Pascal Quignard.

Un jour, je m'appliquerais, me plongerais dans la littérature. Je ressentais l'impasse où me conduisait l'étude des communications. Les nouveautés se suivaient à un rythme frénétique, qui m'essoufflait. Commençais-je à perdre intérêt pour les percées de la technologie rapidement désuètes ?

J'ai attendu deux semaines avant de renouveler mon invitation à Mounira. Un café. Sans risque. Tout au plus, une satisfaction de curiosité. Dès que je franchissais la porte de l'établissement, Mounira m'accueillait d'un large sourire, même quand elle était occupée avec un client. Elle venait autrement vers moi, me serrait chaleureusement la main. Nous n'étions que des connaissances, me disais-je, pour écarter toute velléité d'aller plus loin.

Un mercredi soir, la librairie déserte à l'heure de la fermeture, c'était le moment, pensais-je, de réaliser ma promesse.

— Nous pouvons prendre un café ou un verre, dis-je à Mounira d'une voix mal assurée.

— Avec plaisir. Il fait beau. Encore jour.

Fermant la porte, elle laissa de la lumière dans la vitrine.

— C'est programmé, m'expliqua-t-elle comme pour me mettre dans le coup. Ça s'éteindra à minuit.

Nous nous sommes arrêtés au restaurant d'en face, on voyait les tables avec des nappes, prêtes pour le dîner. J'avais remarqué sa démarche pour la première fois, en traversant la rue. Résolue avec une lenteur sensuelle, le corps bien planté. Elle connaissait le patron. Elle avait ses habitudes.

— Votre nom m'intrigue, commençai-je.

— Mounira est un prénom bien commun en Égypte. Ça veut dire «lumineuse», «qui illumine». Rachid, mon nom de famille, signifie «sage». Des noms qui ne correspondent pas à la réalité.

— Je ne sais pas. Je ne le dirais pas pour Mounira.

Elle me regarda, espiègle.

— Merci, même si vous vous trompez.

⌣

Elle me fit par bribes le récit de sa vie. Son grand-père, un exportateur de coton ruiné par les nouveaux maîtres, avait accepté une fonction au ministère des Finances. Il avait une formation de comptable. Les deux sœurs de son père, des tantes qu'elle n'avait vues qu'une fois lors d'une brève visite au Caire, s'étaient mariées avec des militaires, avaient une nombreuse progéniture et considéraient leur frère comme un exilé. Karim, son père, un économiste formé à Londres, avait décidé de ne pas rentrer en Égypte. Il n'aimait pas le régime des militaires et leur mainmise sur la culture et l'éducation. Des illettrés.

Il s'était lié d'amitié avec un Canadien, Peter, qui ne cessait de faire l'éloge de son pays et de l'abondance des emplois. Rêvant de l'Amérique, le père fit donc une demande d'immigration et atterrit l'année suivante à Ottawa. Logé dans le petit appartement de son ami, il fut engagé deux mois plus tard au ministère des Travaux publics, comme assistant au service économique.

Lassé de sa vie à Ottawa, Peter accepta un emploi à Tokyo dans une entreprise canado-américaine. Dès lors, son père a joui de la totalité de l'appartement situé rue Somerset, non loin du canal. C'est au ministère qu'il se lia alors avec une secrétaire, Lucie, dont les parents, originaires de Sudbury, habitaient à Gatineau, où le père était mécanicien dans un garage. Timide, silencieuse, celle qui serait sa mère accepta les compliments de l'Oriental. Il souhaitait faire sa vie avec elle.

C'était le premier prétendant qui lui faisait clairement une proposition concrète. De teint clair, de taille moyenne, les yeux bleus, elle passait inaperçue au bureau et dans la rue. Elle prit conscience de son corps lors des fins d'après-midi qu'elle passa dans l'appartement de son futur mari. Ses parents étaient hostiles à cet homme qui venait on ne savait d'où et, surtout, qui n'était pas catholique. Lucie n'y avait jamais pensé, car il évitait toute allusion à la religion.

Quand elle tomba enceinte quelques mois plus tard, il décida de l'épouser. Pour ne pas l'effaroucher et pour obtenir le consentement ou, du moins, le silence de ses parents, il proposa un mariage civil, à la mairie. Ni église ni mosquée. Pour qu'elle soit au courant de son appartenance, il lui demanda toutefois de lire le Coran. Elle s'y perdait dans l'ennui et la confusion, n'y voyant aucun rapport avec sa vie. Karim était son mari, le père de son enfant, c'était l'essentiel.

Ses parents à elle ne l'entendaient pas de cette oreille. Rejetant un mariage sans fondement, son père l'ignora. Karim les accusa d'être des ignorants et des fanatiques et il ne fut plus question de les fréquenter. Sa femme n'avait qu'à le suivre. La naissance de Mounira fut difficile, nécessita une césarienne. Il aurait souhaité un garçon, mais fut toutefois un père attentif.

Il n'avait pas l'espoir d'une suite, car le médecin prévoyait que sa fille serait son unique enfant. Ne voyant plus ses parents, Lucie se rendit vite compte du décalage et de la contradiction entre les discours de son mari et son comportement. Il accueillait volontiers les bienfaits de l'Occident: la liberté, l'absence de contraintes, mais son adhésion était sélective.

Ainsi, Lucie ne mettait jamais de rouge à lèvres et de maquillage, l'apanage des femmes légères, des prostituées. Elle n'avait pas à se parer pour séduire les hommes. Il abhorrait les jupes qui ne couvraient pas ses jambes. Elle portait des pantalons qui plaisaient à Karim. Il se vantait d'être adepte de l'affranchissement et de la liberté des femmes dont le pantalon était le symbole. Il était particulièrement sévère contre ce qu'il considérait comme des obscénités – les minijupes et les décolletés. Sa femme se distinguait ainsi par sa pudeur.

J'écoutais Mounira sans l'interrompre. Elle me fascinait et je retenais mon désir, le retardais telle une promesse d'avenir, surtout que je n'étais nullement disposé à aller de l'avant. Le soir même, j'allais jouir de la présence de Doreen. Je me contenterais d'une amitié avec Mounira. Nous ne souhaitions ni l'un ni l'autre franchir cette frontière. Je savourais le plaisir de suivre les mouvements de ses doigts sans les toucher.

— Tu ne dis rien de toi, protesta-t-elle.

— J'ai bien l'intention de le faire. On a le temps, car j'ai envie de te revoir.

Son regard devint interrogatif et, comme si elle surmontait ses doutes et ses préventions, elle acquiesça d'un sourire. Nous nous levâmes.

— Je ne veux pas que tu te méprennes, mais je voudrais te dire que je te trouve très bien et que j'ai beaucoup de plaisir à parler avec toi, lui dis-je.

J'ai proposé un rendez-vous le lundi suivant, alors que je disposerais de ma soirée. Nous nous retrouverions au restaurant mexicain, de l'autre côté de la rue, à la fermeture de la librairie. Ainsi personne ne nous verrait partir ensemble. Une relation anodine.

∿

Elle portait ce soir-là un chemisier orange et une jupe bien serrée, ses formes mises en évidence. J'ai commencé par lui parler de mon travail sans faire mention de Doreen.

— Nous pouvons dîner ici, si tu es libre.

— Oui, fit-elle, hésitante, à condition de ne pas rentrer tard. Mes rapports avec mes parents sont bien compliqués, commença-t-elle. Mon père s'affiche comme un homme ouvert, moderne, de son temps, chantant la liberté et la présence des femmes, mais pas pour les siennes. Ce fut difficile avec moi dès le départ. Il m'incombait de ne pas m'exhiber, c'est-à-dire de laisser voir l'évidence. J'avais des seins, une poitrine d'adolescente et, pour mon père, tout soupçon de féminité était horripilant, une obscénité.

Elle fit une pause puis reprit :

— Ceux qui, dans la rue, fixaient mon corps avec des yeux avides avaient souvent l'âge de mon père. Au début, j'avais honte. Comment me cacher ? Ma mère n'était d'aucun secours et il était inutile de lui faire part de mes craintes et surtout des accusations de mon père. Quand l'une de mes amies se montrait devant lui les genoux découverts, il la classait parmi les filles douteuses. Heureusement pour lui et d'abord pour moi, les garçons de mon âge ne m'intéressaient pas.

Elle s'arrêta à nouveau.

— Cela a duré des mois, des années. J'ai fini par découvrir la puissance des produits de beauté. D'abord le vernis à ongles et puis le rouge à lèvres. J'avais l'âge où il n'était pas question de m'en priver. Mon père ne le vit pas du même œil. Je ne me sentais pas seulement observée, scrutée, mais constamment soupçonnée et pourtant je ne souhaitais qu'être une jeune fille comme toutes les autres, portant mon corps, non comme un instrument de séduction mais comme un fait, une réalité. Je fuyais mon père qui m'étouffait et je me demandais constamment quelle robe, quelles chaussures porter pour échapper à sa condamnation. À la fin de mes études secondaires, ç'a été enfin l'université. Pour mon père, il n'était question que de mariage. Mais où trouver l'homme qui ne le mettrait pas en rage? Bref, un homme qui ne me regarderait pas et surtout, qui ne me toucherait pas.

«Tu es musulmane», s'était-il mis à répéter. Musulmane? Ce n'était pas le cas de ma mère. Il l'avait domestiquée, réduite à une ombre. C'était lui le maître. Pour sa fille, il était l'unique autorité, mais tout au long de mon enfance et de mon adolescence, toute référence à la religion avait été absente. Lorsque je fis mon entrée dans le monde des femmes, c'est-à-dire soumise aux convoitises des hommes, il m'imposa d'assumer ma condition. Une musulmane soumise aux mâles et d'abord à mon père, et il était primordial que je reste pure.

Mounira arrêta son réquisitoire de crainte que je ne la croie hostile à son père. Elle l'aimait et le respectait, même s'il lui arrivait de ne pas être d'accord avec ses oukases. Je ne l'ai pas soutenue ouvertement dans ses plaintes pour ne pas marquer notre relation dès le départ. Nous nous sommes quittés devant son immeuble sans nous donner rendez-vous. Lorsque je me suis avancé pour prendre congé, elle m'a tendu la joue et n'a pas résisté quand je l'ai serrée légèrement contre moi.

∽

La semaine suivante était consacrée à Doreen. Des jours trop banals, trop uniformes, trop semblables. Ce n'était pas l'ennui, mais le vague sentiment d'un pis-aller. N'étais-je pour elle qu'une halte ? Nous étions condamnés à une rupture plus ou moins brutale. Lors de nos étreintes, il m'arrivait de rêver à des scènes érotiques et d'avoir recours à des fantasmes pour être dispos. Mounira était une ombre tutélaire, mais je n'en invoquais la figure que pour mettre en branle mon imagination et retrouver élan et énergie.

— Tu travailles trop, observa Doreen, un soir où ma mollesse se prolongeait.

— Il faut bien.

— À ton âge, l'ambition prend le dessus, reprit-elle, marquant l'écart des années qui nous séparait.

Comment lui dire que ce n'était pas son âge qui me refroidissait ?

Le lundi suivant, Julia étant chez sa mère, en quittant le bureau je me suis rendu à la librairie.

— Serais-tu libre un soir cette semaine ? demandai-je à Mounira.

— Ce soir, si tu veux.

Cette fois, notre choix fut le restaurant italien, rue O'Connor. Elle accepta un verre de vin avec le repas.

— Ça m'est normalement interdit, me prévint-elle en souriant. Je le fais pour te tenir compagnie.

Une concession pour un interdit absurde. C'était loin de me réjouir.

— Tu ne me dis rien sur ta vie.

— Je t'ai tout raconté. Je suis célibataire, seul, et mes parents, à leur retraite, se sont isolés à Gatineau. Mes visites sont peu fréquentes et ils ne s'en plaignent pas.

Pas un mot sur Doreen, même si Mounira m'interrogeait sur les femmes de ma vie. Elle ne croyait pas à leur absence. J'ai détourné son interrogation en me lançant dans une déclaration que je retardais, redoutant sa réaction.

— On a dû souvent te dire que tu es belle et charmante.

— Ce n'est pas le cas. Et de toute manière je ne le croirais pas.

— Je te le dis, l'affirme et le répète. Tu es belle et charmante, insistai-je en posant ma main sur la sienne. Elle ne la retira pas.

— Tu es gentil.

Le chemin était trop semé d'embûches pour que je poursuive. J'ai plutôt parlé de livres et c'est alors que Mounira me fit part de la précarité de son emploi. Originaire de Montréal, le patron avait loué les locaux trois ans auparavant pour partager la vie d'une Torontoise d'origine ukrainienne.

— Une très belle femme, commenta Mounira, du moins en photo.

Celle-ci avait suivi un diplomate français dans la capitale. Il était reparti chez lui sans lui donner signe de vie et, ne supportant plus elle-même cette ville, elle avait regagné la sienne.

— La vie est un chassé-croisé, conclut Mounira.

Son patron, Ernest, ne supportait pas davantage la ville que la solitude. Sa compagne ne l'avait pas invité à la suivre et personne ne l'attendait à Toronto. Il ne lui était pas possible de résilier son bail, un privilège qui lui permit d'entreprendre des travaux pour aménager les lieux.

— Tu trouveras facilement un autre emploi, la rassurai-je.

— Je sais. Mais j'aime trop ce que je fais. C'est désespérant.

— Je te comprends. J'aimerais tellement travailler dans une librairie. Je suis las des rapports, des analyses, des traductions. Je voudrais tellement être mon propre maître.

— Le domaine est en pleine transformation. On vend autant de CD que de livres, Mais ça ne saurait durer bien longtemps. Les jeunes ont de plus en plus recours à l'internet pour se procurer leur musique.

Nous repoussions délibérément le moment d'en venir à l'essentiel. Qu'attendions-nous l'un de l'autre ?

Je la fixais et mon émotion était visible. Elle passa la main sur son chemisier, sur son bras.

— Pourquoi me regardes-tu ainsi ? Il y a quelque chose qui ne va pas ?

— Tu es si belle …

— Arrête !

— Ça te déplaît que je sois attiré par toi ?

Elle mit du temps pour se prononcer, comme si elle pesait le pour et le contre.

— Je te remercie. Non, ça me fait plaisir.

— Cesse de me remercier poliment. Je me tue à te dire que je suis attiré par toi, que je pense à toi.

Décontenancée, elle cherchait à reprendre son souffle.

— Il faut que tu me dises si je fais fausse route, s'il y a un homme dans ta vie.

— Il n'y a pas d'homme dans ma vie. Tu me plais, mais c'est si compliqué.

— Quelle complication? Nous sommes tous les deux libres, nous avons le même âge.

— Mais, tu vois, je suis musulmane.

— Et puis après? Ça m'est totalement égal. Tu pourrais être bouddhiste ou hindouiste. Quelle différence? Moi je suis catholique. Je ne pratique pas et ça ne change rien.

Étais-je allé trop loin, trop vite? Elle était manifestement bouleversée. Il était temps de mettre un terme à la conversation. Consultant ma montre, je dis:

— Demain nous travaillons tous les deux.

Je l'ai laissée devant la porte de son immeuble et elle m'a tendu la joue de façon protolaire. J'ai laissé passer deux jours avant de refaire apparition à la librairie. La voyant accaparée par des clients, j'ai décidé de ne pas l'attendre pour la soirée, envahi par les doutes, surtout que la semaine suivante était réservée à Doreen.

Cette réunion fut en quelque sorte un retour au confort. Doreen et moi donnions la parole à nos corps et le fait que notre situation fût incertaine, ambiguë, n'entamait pas le plaisir. Sans heurts, sans excès d'émotion, nous avons passé des heures de calme, sans tempête. Mounira, toujours présente dans mon esprit, était reléguée à un arrière-plan. Quand je me suis présenté le samedi à la librairie, elle s'est précipitée sur moi dès qu'elle en eut terminé avec un client.

— Que se passe-t-il ? Que t'était-il arrivé ? J'étais inquiète et j'ai plusieurs fois composé le numéro que tu m'as donné. Tu ne répondais pas.

Ses questions se bousculaient. Je ne savais plus comment réagir. Avait-elle vraiment peur de me perdre ? Que je ne revienne plus ?

— J'étais terriblement pris.

— Même le soir ?

— J'aurais dû t'appeler. Je te promets de ne plus te laisser sans nouvelles.

— J'étais inquiète.

— Ça ne se reproduira plus jamais. Pour me faire pardonner, je te demande si tu acceptes de dîner avec moi ce soir.

— Oui… évidemment. Je devrais te dire non, prétendre que moi aussi je suis occupée.

À la porte de la librairie, elle s'enquit sur mon choix de restaurant.

— C'est une surprise. Ce soir, le cuisinier sera ton serviteur. À l'intérieur de mon domaine, de mon empire.

J'ai interrompu son hésitation.

— Tu ne cours aucun risque. Je t'assure que je ne te toucherai pas.

— Je te fais confiance, dit-elle avec une moue.

J'avais lancé l'invitation sans avoir pris de précautions la veille. Je n'avais que des œufs et des pâtes. Je lui proposai le choix. Cela lui était indifférent. D'abord réticente, elle franchit la porte sans hésitation pour braver son sentiment de commettre un interdit.

— Tu vis vraiment seul ?

À peine étions-nous à l'intérieur qu'elle fouillait des yeux les coins et recoins du logis. Une investigation sur des traces de femme. Curieuse, inquiète. Soulagée, détrompée, elle était tout de même convaincue qu'une femme avait ses entrées chez moi. N'étais-je pas un homme ?

— Tu peux mieux arranger le salon et peut-être même ta chambre.

Elle ramassait le pyjama, les chemises sur les chaises, les rangeait dans la penderie.

— Tu n'as pas de femme de ménage ?

— En dehors de moi, tu es la seule personne qui ait franchi cette porte.

— Quel honneur !

Elle riait très fort, exagérément, pour masquer une satisfaction inavouable.

— Je vais préparer les spaghettis.

— Veux-tu de l'aide ?

— Tu es l'invitée et je respecte les formes.

— N'exagère pas.

Sa voix était celle de la librairie. J'avais droit au traitement d'un client.

Lui tournant le dos, je m'occupai du repas. Derrière moi, soudain, je sentis son odeur. Puissante. Je me tournai, la pris dans mes bras. Elle m'entoura le cou de ses bras et me tendit sa bouche. Elle frotta son corps contre le mien, comme pour accueillir mon désir. Cela se déroulait si vite. Je ne m'y attendais pas et cela m'incitait au recul. Je l'ai écartée.

— Il faut d'abord que tu m'écoutes, dis-je, pour me donner du courage et surtout un élan.

Elle fit oui sans me regarder.

— Je t'aime. C'est arrivé dès la première fois que je t'ai adressé la parole.

La tête basse, scrutant le sol, elle souffla :

— Moi aussi.

— Toi aussi quoi ? insistai-je en la reprenant dans mes bras.

— Je suis amoureuse.

Cette absence totale de coquetterie, cet aveu qui me semblait brutal dans la bouche d'une femme, étaient des mises en garde. Doreen m'avait habitué à une retenue qui n'était qu'un masque, un refus enfoui dans le silence.

— Il faut que je te nourrisse. Je crois que c'est prêt.

Face à face, nous nous scrutions dans un mélange d'émerveillement et de gêne. Je prenais les
devants sans être prêt.

— Tu es si séduisante !

Des mots qui venaient à ma rescousse, le temps
de respirer, de laisser l'imagination s'introduire,
être de la partie.

— Tu trouves ? Je suis très heureuse que tu le
dises même si tu exagères.

Avait-elle plus de courage, d'audace ou était-ce
l'innocence des premières fois ? Nous nous serrions
les mains en mangeant. Je caressais ses bras, n'osant
même pas regarder ses seins, ses cuisses. Comme si
je m'imposais un interdit avant qu'elle ne l'exprime.

— Nous allons prendre le café là, dis-je en
indiquant le canapé.

J'ai fait bouillir de l'eau. Nous n'aurions droit
qu'à un instantané.

J'avais véritablement peur de me brûler les
doigts. Assis, je n'étais pas contraint de lui faire
face, en la serrant contre moi. Elle se dégagea subitement et, me fixant des yeux, elle proféra, telle
une sentence solennelle :

— Je ne suis pas vierge.

— Ça ne compte pas. Pour moi, tu es vierge,
affirmai-je, comme pour repousser la brutalité de
la précision.

Je me sentais à court de mots.

— Je te désire, rectifiai-je. Je désire ton corps,
tout ton corps.

— Je le sais, dit-elle. Son ton accentué par un rire sonore introduisait une légèreté dans la pesanteur qui s'installait, une frontière, un écart.

— Je m'exprime mal, me rattrapai-je. Mon amour est total. C'est toi que je veux. Pas juste ton corps.

Forte de toutes les audaces, ce fut elle qui s'étendit la première sur le lit.

— J'ai besoin de m'étendre pour me reposer, expliqua-t-elle pour se donner une excuse.

Les mains tremblantes d'impatience, je la déshabillai très lentement, surmontant mes propres appréhensions et mes craintes de ses réactions, de ses refus. Elle se laissa faire tout en demeurant passive.

— Il y a trop de lumière, protesta-t-elle dans un ultime mouvement de recul, comme pour couvrir sa nudité.

— Tu es splendide. Un miracle.

Mes compliments étaient sincères. J'étais submergé par une réalité que je recevais dans un total émoi. Je parcourus son corps de baisers. Je me suis déshabillé. Elle a enfoui son visage dans mon cou comme pour éviter l'évidence de mon désir.

— Cela fait longtemps que je ne prends plus la pilule.

— Je vais faire attention. Nous attendrons plus tard pour avoir un enfant, chuchotai-je en la pénétrant.

J'étais surpris, soulagé et heureux que notre étreinte soit attendue, comme si notre amour était tellement réel que nos corps n'avaient qu'à suivre naturellement. Dès que je la sentis secouée par l'orgasme, je me suis retiré.

Prenant mon sexe dans sa main, elle me dit :

— C'est ton tour.

Les yeux clos, nous sommes tombés dans le mutisme. J'étais décontenancé qu'elle soit si directe, tellement au courant. Ce fut elle qui rompit le silence.

— Tu es un homme merveilleux.

— Ton homme. Il ne faut jamais l'oublier, répondis-je, péremptoire, comme pour marquer notre entrée dans une nouvelle étape de notre relation, de nos vies, mais également pour repousser le sentiment insidieux d'une culpabilité, d'un acte dont nous ne pourrions plus rattraper les conséquences. Nous n'aurions d'autre choix que de nous y enfoncer, de prendre un chemin irréversible dont nous ne voudrions pas revenir.

∾

Doreen ne disparut pas d'un coup de baguette magique. J'avais une semaine de liberté. Le lendemain, je me suis présenté à la librairie.

— Pas ce soir, me dit Mounira, à peine avais-je franchi le seuil. J'ai besoin de me reposer. Toi aussi d'ailleurs.

Mon regard fuyant, éteint, l'incita à se reprendre.

— Demain si tu veux.

Au bureau, j'ai été le subalterne exemplaire. Je ne sais pas si Doreen l'a remarqué. Nous avions tellement pris l'habitude de nous déguiser! À peine la journée terminée, j'accourus à la librairie. Mounira ne manifestait aucune réticence de s'afficher avec moi. Nous avons dîné au restaurant français où on la connaissait. Elle se montrait fièrement à mon bras. Nous ne savions pas quelle règle, quel interdit nous bravions. Nous n'avions nulle intention de faire un pas en arrière.

— Demain, le cordon-bleu sera moi. Tu viendras chez moi. Ce soir, tu vas m'y reconduire pour rentrer sagement ensuite chez toi.

La journée m'a paru bien longue. À la sortie du travail, je me suis rendu chez Mounira avec un gâteau et une bouteille de vin. Son appartement, aussi grand ou plutôt aussi petit que le mien, était bien plus coquet, décoré avec des bibelots et des photos. Portant un tablier de cuisine, Mounira m'entoura de ses bras, l'enleva aussitôt et se mit à se dévêtir.

— Il est trop tôt pour dîner, plaisanta-t-elle.

Nous étions un couple, destiné à s'unir, toute interrogation disparue.

— Me trouves-tu toujours aussi belle? demanda-t-elle avec un relent d'inquiétude de s'être dévoilée, livrée trop vite.

— Plus belle.

Nous prenions le temps de savourer le goût de nos peaux, l'odeur de nos haleines. Nous remettions à plus tard l'expression de nos émois. Ils étaient trop subits, trop neufs, et nous les recevions confusément, comme assommés par le désir. C'était le moment de laisser la parole à nos corps. Et surtout, en revenant au quotidien, aux gestes ordinaires, nous nous donnions l'espace de respirer. Mounira se leva et se consacra sérieusement à ses tâches d'hôtesse. Un rôti de bœuf – «spécialité de ma mère», précisa-t-elle. J'ai fait toutes les louanges d'usage. Nous mangions dans une précipitation que nous dissimulions à peine. Le lit, encore défait, nous imposait la hâte.

— Tu peux rester, si tu veux, me proposa-t-elle.

— C'était mon souhait le plus cher.

Comment la prévenir que la semaine prochaine serait celle de Doreen ? Je l'interrogeai sur la librairie.

— Tu ne t'en es jamais autant préoccupé !

— Je rêve d'y trouver ma place afin d'être tout le temps avec toi. Tu m'as appris qu'Ernest souhaite partir. Je pourrai peut-être prendre sa suite.

— Oui, mais il faut un capital, de l'argent. Tu en as peut-être, dit-elle, en riant.

— Non, mais je trouverai le moyen d'en avoir.

Nous avons évité de parler de l'avenir. Parce que le présent nous comblait, mais aussi parce que nous ignorions où cela nous mènerait.

∾

Le lundi suivant, pour éviter de passer la nuit avec Doreen, j'ai prétexté un dérangement intestinal. Depuis deux semaines, elle ne me convoquait plus à son bureau, se contentant de me faire parvenir des notes écrites à la main. J'étais bien obligé de me rendre chez elle le lendemain. Je m'étais efforcé de vaincre mon malaise pour m'exécuter. Je me trouvais lâche, quasi ignoble.

Je trahissais Mounira et je mentais à Doreen. Je serrai celle-ci contre moi, tentant de me détester moins. Mounira n'en saurait rien, mais avec sa sensibilité si vive, elle ne tarderait pas à avoir des soupçons. Comment me dégager ? Impossible de faire semblant toute la journée au bureau. Comment échapper au regard de Doreen, à sa suspicion ? Rien ne nous empêcherait de continuer, mais au prix de quelle supercherie ? Un insupportable et intenable double jeu.

Heureuse surprise. Doreen me fit parvenir une note pour remettre notre habituel rendez-vous de la soirée pour cause de maladie. Je m'installai ce jour-là à la librairie. J'observai avec admiration la souplesse de Mounira, sa rapidité à trouver un livre, sa dextérité à la caisse. À ce moment, me tenant à distance, sans être vu, je scrutais ses seins, ses hanches, les devinant à travers la jupe et le chemisier. Au lit, par respect de sa pudeur et sans doute en raison de ma propre timidité, je n'osais pas examiner son corps. Nous allions vite en besogne.

Avec Doreen, au contraire, je fermais les yeux pour ne pas me laisser trop exciter par sa nudité. Je traversais, malgré tout, une frontière. Mounira et moi n'avions pas pris d'engagement et, pourtant, le pacte était scellé. C'était elle, l'unique, l'infinie. Je l'aimais, ne cessais-je de me répéter. Comme par miracle, ce fut Doreen qui plaça notre relation en suspens. Me convoquant à son bureau, prenant prétexte de précisions insuffisantes dans une traduction, elle s'arrêta, puis, d'un ton neutre, les yeux sur le document, m'annonça :

— Le père de Julia, mon mari, part en voyage en Asie pour son travail, en Corée, au Japon. Sa nouvelle conjointe ne l'accompagne pas et ne peut pas prendre Julia en charge. C'est donc à moi de la garder. Nous devrons nous abstenir de nous voir. Une parenthèse de quelques semaines. Cela te reposera.

— Je ne suis pas fatigué de notre relation.

Curieusement et paradoxalement, j'étais sincère, car cela me pesait de me séparer de Doreen. Je me trouvais en pleine contradiction, incapable de m'expliquer mon comportement.

Finalement, après réflexion, je me suis réjoui béatement de ne pas avoir à payer le prix. Un vrai miracle ! Je m'en sortais à bon compte. Je n'aurais pas à révéler à Mounira l'existence d'une autre femme qui demeurait encore là, mais en périphérie. Cela devenait urgent que je quitte le ministère, que Doreen soit loin, ailleurs.

Le même soir, Ernest, le propriétaire de la librairie, se présenta brièvement comme d'habitude. Me reconnaissant, il me salua cordialement. Je l'invitai à prendre un café pour un entretien personnel.

— Vous savez que Mounira est libre de sa vie, déclara-t-il. Je ne m'intéresse qu'à son travail.

Je l'ai laissé aller jusqu'au bout de sa péroraison. Il déversait ses plaintes sur l'étroitesse de la vie à Ottawa, sur la complexité du commerce des livres.

— Ce n'est nullement à propos de Mounira que je souhaitais vous parler, le détrompai-je. Je suis entièrement d'accord avec vous, sa vie privée n'appartient qu'à elle.

Je me suis tu, le faisant patienter pour la suite.

— J'espère que ce n'est pas une indiscrétion. J'ai appris que vous n'avez pas l'intention de renouveler votre bail.

— C'est tout à fait vrai. Et ce n'est nullement un secret. Je peux vous confier que j'attends avec une certaine impatience le terme de mon engagement dans cette ville. Je ne déteste pas mon travail. La librairie fonctionne bien, surtout grâce à Mounira, en dépit de la perte de vitesse du commerce du livre.

— Ça vous ferait plaisir de hâter votre retour à votre ville de prédilection?

— Vous voudriez reprendre la librairie?

— Ça dépend des conditions.

— Ça se résume facilement. Je suis locataire des lieux et propriétaire du stock et du matériel. J'ai investi dans l'aménagement. Je souhaite repartir avec un petit pécule pour reprendre la route. Cela peut prendre du temps, mais je garde les yeux bien ouverts.

Cet homme ne baignait pas dans le bonheur. Au fur et à mesure que notre entretien se poursuivait, j'avais en face de moi un homme triste, sans attente, sans vision, sans promesse à l'horizon. Il partait, car il fallait qu'il bouge, pour changer, pour mettre un terme à l'insupportable sentiment d'être bloqué, figé.

Il m'eût été facile de le manipuler, de profiter de son malaise, mais c'eût été porter atteinte à ma volonté de me présenter à Mounira, sans subterfuge, les mains propres. Assez de mensonges. Face à Ernest, je négociais ma future existence. Son stock valait dix mille dollars à l'achat. À la vente? C'était une autre histoire. À négocier. Il avait investi encore dix mille dollars pour l'aménagement. Négocier les chiffres, les faire baisser m'impatientait. Il fallait au préalable que je me renseigne à ma banque. Comme j'étais salarié, elle me consentirait sans doute un prêt. Mounira n'avait pas eu vent de mes projets. Je souriais en m'imaginant lui déclarer que j'étais propriétaire de la librairie et en quête d'un associé, en l'occurrence d'une associée. Impulsion ou calcul? Peu importe.

J'ai appelé mes parents pour leur annoncer ma visite. Ma mère m'a demandé si j'allais venir seul. J'ai dit à Mounira que j'allais déjeuner chez mes parents le dimanche.

— La prochaine fois, tu m'accompagneras. Si tu veux, précisai-je.

— Volontiers. La réciproque est impossible malheureusement.

— Je ne suis pas pressé. C'est toi que je veux.

— Tu veux, tu veux... Comme si tu étais toujours sûr d'avoir ce que tu veux.

Était-ce une tentative de percer ce qui ressemblait à une cuirasse, d'introduire le doute?

Mes parents n'ont pas été plus accueillants que d'habitude, sans excès de plaisir ou de curiosité. Le pot-au-feu me ramena sans nostalgie au passé. «Mounira en demandera sûrement la recette à ma mère», me dis-je. L'anticipation me fit sourire.

— Comment va le travail? s'enquit mon père.

— Je vais quitter le ministère.

— Quitter? s'inquiéta ma mère.

— Je veux me lancer dans une entreprise, être mon propre patron.

J'ai décrit brièvement mon projet. La réaction de mon père me surprit.

— C'est une bonne idée, dit-il. J'aurais tellement aimé faire la même chose à ton âge. Ça m'aurait épargné trente années d'ennui.

— Ne recommence pas, l'interrompit ma mère. Tu étais heureux et le moindre changement te mettait dans tous tes états.

— J'ai fait les calculs. La banque me consent un prêt. Je ne leur ai pas fait part de mon intention de quitter ma fonction de salarié.

— Tu as bien fait. Mais ne t'en fais pas. Tu ne leur feras pas faux bond, car tu n'es pas un escroc comme tant d'autres.

Il se leva, se rendit dans son bureau et revint, des papiers à la main.

— Es-tu toujours seul ? me demanda ma mère.

— Pas tout à fait.

— Tu nous la présenteras. Il est temps que tu t'installes.

— Tu n'auras pas à demander un prêt, m'annonça mon père. Ça fait longtemps que je songe à te donner une partie de ton héritage. Je te le remets comme cadeau afin que tu n'aies pas à en donner la moitié au fisc.

J'étais partagé entre l'étonnement et la gratitude que mon père vole à mon secours d'une manière si inattendue.

— Nos besoins, à ta mère et moi, reprit-il, sont largement couverts par nos pensions de retraite. Nous ne sortons pas souvent et nous n'avons pas l'intention de faire des voyages. Nous disposons d'économies qui ne sont pas énormes. Le notaire m'a conseillé de vous faire don à ta sœur et à toi d'une partie de votre héritage.

— Je ne sais pas comment te remercier, balbutiai-je.

— Nous sommes deux, ta maman et moi, et nous n'avons pas besoin de remerciements. C'est normal. Quand on a des enfants, c'est pour la vie et il vaut mieux que tu t'en rendes compte avant de t'embarquer.

— Je ne suis pas marié.

— On n'a plus besoin de se marier pour avoir des héritiers. La télévision n'arrête pas de le répéter. Ta mère le souhaite.

— Rodney, promets-nous, dit celle-ci, de nous présenter ta fiancée.

— Venez dîner la semaine prochaine, dit mon père. Préviens-nous pour que je prépare le champagne.

Je ne reconnaissais pas mon père.

— Tu connais la librairie que je veux prendre en main? lui dis-je pour le mettre de la partie.

— Je suis surtout lecteur de journaux et de magazines.

— Tu pourras voir par toi-même. Dans un mois. Car c'est grâce à toi…

— Je viendrai, m'interrompit-il.

Dans son coin, ma mère, silencieuse, éteinte, se tenait hors du coup. Auparavant, le travail l'animait, lui donnait des couleurs et des sujets de conversation. Ayant perdu sa fonction, dépourvue de sa place dans la société, elle n'avait plus rien à dire et elle écoutait distraitement. Pathétique.

Cela m'attristait que mes parents soient relégués à la retraite. Mon père, le proclamant trop fortement, déclarait que c'était une manière de reprendre le chemin, de changer sinon de vie, du moins de façon d'exister. Ils quittaient le monde sur la pointe des pieds et s'installaient dans la seule réalité qui leur demeurait accessible : une mort lente, silencieuse, consentie. Le repos. Leur aspiration durant de longues années. Quasi inanimés, ils me donnaient mon héritage avec un total détachement, comme s'ils s'en débarrassaient. Ils s'étaient souciés des besoins de leurs enfants toute leur vie et ils n'abandonnaient pas la route, la prolongeant au-delà de leur mort, sans résignation, car c'était un but, un aboutissement.

Cela me peinait qu'ils fussent indifférents à l'avenir et c'était moi qui étais censé le bâtir. Que diraient-ils de Mounira ? C'est leur réaction que je redoutais. L'incompréhension avec une pointe de mépris. Ils ne s'opposeraient pas à notre ménage et ne le célébreraient pas non plus. Pour ma mère, ce serait un soulagement : j'étais en route, suivant le bon chemin, celui de tous les autres ; une femme serait à mes côtés, prendrait soin de mes besoins. Mounira ne serait qu'une figure à peine animée, distincte.

Subitement, le comportement possible de Mounira s'éleva comme un mur. Nous vivions pratiquement en couple, mais elle regimbait systématiquement devant la reconnaissance de cet état de fait. Nous nous aimions et nous nous le déclarions. Rien ne s'interposait à laisser notre désir, impérieux, guider nos gestes et les mouvements de nos corps. La société n'avait pas de poids, indifférente à notre choix et sans égard à notre existence. Nous n'avions à obéir à aucune règle ou convention, car nous nous placions en retrait, dans une sorte de marginalité.

En me faisant don du capital, mon père coupait paradoxalement les ponts entre nous. Il ne me devait rien et n'avait pas à se soucier de ses descendants, se contentant de prendre acte de ma progéniture dans les limites qu'il avait érigées.

La frontière invisible

Par bribes, Mounira me révélait ses relations avec ses parents. Sans les juger. Totalement soumise à son mari, par amour, mais tout autant par refus des responsabilités, sa mère passait en second; l'affranchissement de tout souci la privait de réflexion. Que cela aille bien ou mal dépendait et relevait de son mari. Elle était à la fois bénéficiaire et victime. Libre à elle de déplorer le destin ou de se sentir gratifiée, la marche de son existence lui échappait, ne dépendait pas d'elle.

Par conséquent, la solitude de son mari était totale et il n'avait recours qu'à lui-même. Sa conduite était dictée par les circonstances de son existence. Il avait changé de pays, de langue et, face aux autres, il se sentait démuni, se recroquevillant finalement sur ce qu'il qualifiait être sa culture, qui se résumait en des rituels religieux ou traditionnels.

Sa religion lui dictait des mécanismes de conduite, était une bouée de sauvetage qui le sauvait de la disparition dans l'anonymat. Sans

exigence de compréhension et encore moins d'inté-
riorisation, il érigeait la religion musulmane en
règles et en lois dont l'intransigeance constituait
un substitut de réalité, une religion qui ne se dis-
solvait pas dans une ambiance étrangère qu'il
n'avait pas choisie.

Le Canada était un pays chrétien comme sa
femme, indifféremment catholique ou protestant.
N'en étant pas issu, il n'était pas forcé, ni même
appelé, à y adhérer formellement. Il observait les
fêtes, les traditions, mais il s'en tenait à l'écart
tout en jouissant de leurs avantages. Il n'allait pas
refuser les congés, ni les échanges de cadeaux
de Nouvel An au bureau. Il gardait sous le boisseau, dans le silence, une solitude qui, si elle
était manifestée, exposerait sa vulnérabilité et sa
faiblesse.

Par contre, il exagérait sa fidélité et sa loyauté
à son origine. Sa femme, dépendante, le suivait,
singeant ses gestes sans chercher à les comprendre.
Ce contrôle rendait sa solitude implacable. La naissance de sa fille surgit comme la naissance d'un
choix, d'une lueur de liberté qui eût été plus tangible s'il s'était agi d'un garçon, d'un futur homme,
d'un véritable et indiscutable héritier. Une fille
tombait dans ce qu'il affirmait être la nature des
choses, elle rejoindrait le territoire aussi concret et
aussi déterminé que celui de sa mère, avec les
privilèges, selon la droite ligne indiquée dans le
livre sacré.

Il transmettait à sa femme ce qu'elle était tenue de prescrire à sa fille, ce qui se faisait et ce qui ne se faisait pas. Il laissait libre cours à ses émotions et à ses sentiments en entourant sa fille de son amour sans se retenir et sans se cacher. Obéissante, évoluant sur la route tracée d'avance, celle-ci était belle, de surcroît. Quand il lui arrivait d'ignorer lui-même les règles prescrites, il en inventait et exigeait qu'elle les suive. Il était musulman à sa manière, et si pendant ses jeunes années il se moquait des traditions, il les faisait renaître et les imposait à sa fille ; celle-ci, née de père musulman, appartenait par conséquent à cette religion qu'elle était appelée à suivre et à affirmer autant que lui.

Autrement, elle errerait dans cet océan d'inconnus, se perdrait parmi les étrangers avec lesquels elle passait la majeure partie de sa vie. L'enfance était une période bénie. La fillette n'avait pas à jeûner durant les trente jours du Ramadan, ni à s'agenouiller cinq fois par jour pour réciter la prière qu'ils n'observaient ni lui, ni sa femme.

Mounira demeura très attachée à son père. Un amour sans partage, envahissant, exprimé à tout moment. Elle l'entourait de ses bras, s'asseyait sur ses genoux, l'embrassait. Impassible, sa mère observait dans un silence de glace. Quand sa fille eut ses premières règles, elle lui expliqua qu'elle faisait son entrée dans le monde des femmes et qu'elle était appelée à s'abstenir de toute manifestation physique de son amour pour son père.

Elle n'avait même plus le droit de l'embrasser, sauf à l'occasion des fêtes et des anniversaires. Son père, mis au courant par sa femme, cessa toute marque physique de son affection.

La ligne était tracée, invisible, et la frontière était infranchissable. Son père s'appliqua à lui inculquer les préceptes de l'Islam, du moins, ceux qu'il connaissait. Prières, jeûne et surtout pudeur et modestie.

Dans une classe supérieure, à l'école, une jeune fille portait le voile, des manches longues et une robe qui lui couvrait les jambes. Pendant les récréations, elle se tenait à l'écart, muette, dans un coin.

Pour Mounira, le comportement de cette jeune fille était loin de l'exemple à suivre. Au contraire, cette attitude absurde et incompréhensible lui faisait horreur. Et puis, elle n'allait pas imiter sa mère, se retrancher et s'abstenir de toute expression visible de vie, celle de la société ambiante. Devenu distant, son père lui paraissait sévère, sans raison.

Quand ses seins pointèrent sous le chemisier, sa mère lui ordonna la modestie prescrite par le père qui lui dictait de ne pas laisser soupçonner sa féminité. Ne se sentant pas en faute, elle résista à cette volonté de la rendre coupable. Quelques semaines plus tard, les instructions devinrent plus précises. Elle étalait trop visiblement ses cheveux. Elle était appelée à les couvrir, les cacher, et sa mère lui tendit un voile qu'elle ne portait pas elle-même. Pourquoi cette exception? Son père le demandait, sa femme transmettait ses ordres. Et pourquoi porterait-elle un foulard quand elle quittait la maison?

— Toi, tu es musulmane de naissance alors que moi je ne le suis que par alliance. Je n'avais pas à me convertir, mais ton père n'aurait jamais admis que je mette les pieds à l'église ou que je porte une croix. D'ailleurs, lui non plus n'était pas un assidu de la mosquée.

À douze ans, les instructions se firent plus précises et surtout plus contraignantes. Elle devait porter le voile à l'école. Elle en avait honte et cela l'horripilait de se placer dans un coin, à l'extérieur du groupe comme un animal marqué. Elle ne se sentait pas différente. Elle porta le voile en quittant la maison et l'enleva à son arrivée à l'école. Son père n'allait tout de même pas la suivre pour vérifier. Au Ramadan, les règles devinrent plus strictes encore et leur observation plus manifeste.

Cette année, lui apprit sa mère, la famille allait observer le jeûne au cours du week-end. Ce serait la première fois que son père s'y astreignait. Il n'allait pas s'exhiber au bureau devant ses collègues. Le week-end, ils étaient entre eux, en famille. Par contre, elle avait, quant à elle, la liberté de jeûner tous les jours de la semaine, et de s'abstenir du déjeuner à la cantine. De plus, elle devrait désormais se renseigner si les repas servis à l'école ne contenaient pas du porc. En ce cas, elle laisserait le plat intouché. Au nom de quoi sa vie prenait-elle cette allure oppressante? Son père ne pratiquait pas la religion et la contraignait pourtant à le faire. C'était elle la musulmane, la gardienne d'une Égypte qu'elle n'avait presque pas vue et d'une religion qui pointait ses interdits de jour en jour.

Son père exigeait sans donner lui-même l'exemple. Karim Rachid était le nom écrit sur sa carte d'identité. Au travail, il se faisait reconnaître sous l'appellation de François. Il passait pour un Français ou, du moins, pour un étranger anonyme, sans signe particulier, sauf l'accent qu'il n'avait jamais réussi à éliminer. «Où êtes-vous né?» lui demandait-on. Il répondait: «En Égypte, mais je suis parti très jeune.» Quand, à table, avec sa femme et sa fille, il évoquait le pays, il était partagé entre la honte et la détestation, ou la nostalgie et la fierté.

Sa femme, muette, n'était appelée ni à approuver, ni à récuser. En grandissant, sa fille devenait la seule à porter le poids du nom et elle commença à se renseigner sur le pays fantôme, la terre d'origine de la famille, comme disait son père. La réponse de celui-ci était toujours la même: un merveilleux pays, la plus ancienne civilisation, un pays riche, beau, dont on peut être fier.

À l'adolescence, son interrogation se précisa: pourquoi n'en parlait-il pas en ces termes aux autres, et pourquoi l'avait-il quitté? Des circonstances, répondait-il, qu'elle comprendrait quand elle aurait l'âge nécessaire. « Allons-nous y retourner ? » insistait-elle. « Quand tu seras grande, tu pourras y aller et y faire ta vie. Personne ne t'en empêchera. »

Pourquoi était-elle forcée d'obéir à des règles dont sa mère était exemptée ? « Parce que tu es musulmane, et moi je n'ai pas demandé de l'être, disait la mère. Tu es née musulmane. Ce n'est pas un choix, mais une volonté souveraine venue d'en haut et qu'on ne peut pas enfreindre. »

Quand les obligations de plus en plus contraignantes, de plus en plus désagréables, ou tout simplement repoussantes et révoltantes s'accumulèrent, son questionnement se mua en refus, en rejet et en indignation. Sa mère lui répétait inlassablement : « Tu es musulmane, que tu le veuilles ou non. »

À dix-sept ans, Mounira eut la révélation du désir qu'elle pouvait susciter chez les hommes quand un voisin, chaque fois qu'il la croisait, s'exclamait d'admiration, frappé par sa beauté. Un homme marié et père de deux enfants ! Un jour, à l'entrée de l'immeuble, il la retint plus longuement, pour s'informer sur ses études, du métier qu'elle entendait choisir et si elle avait un petit ami. Elle ne comprenait pas. « Un copain, un garçon, insista le voisin, qui vous regarde intensément, cherche à vous embrasser, qui apprécie votre beauté. » Elle se sentit bête, et lui cria ce que lui aurait dicté son père : « Pour qui me prenez-vous ? Je suis musulmane. » Elle n'osa pas raconter l'incident à sa mère.

Une semaine plus tard, l'homme revint à la charge : « On peut aller prendre un café ? Je t'expliquerai. » Non, fit-elle, sans dissimuler son hésitation. Il l'attendait parfois à la sortie, lui réitérant son invitation, lui assurant qu'il n'avait nullement l'intention de lui faire du mal. Elle finit par dire oui. L'homme reprit ses compliments, sans tenter de les appuyer par des gestes. Surprise par tant d'attentions, par le plaisir qu'elle ressentait, elle en rêvait longtemps dans son lit, avant de dormir, et était toute disposée à récidiver sans songer au sens et aux conséquences.

Elle savait bien sûr qu'il ne fallait rien raconter à ses parents. Les rencontres, brèves, de plus en plus dans des coins isolés, dans les cafés ou dans la rue, devenaient fréquentes, impatiemment attendues, et elle prenait part aux frôlements, aux caresses.

L'homme paraissait moins empressé, espaçait les rendez-vous, coupait court aux tête-à-tête. Abruptement, il lui apprit qu'il déménageait à Toronto et qu'il devait, de toute façon, interrompre leurs rencontres, car ce qu'il craignait lui était tombé sur la tête. Sa femme l'avait aperçu et malgré ses dénégations et ses assurances que rien de sérieux ne le liait à la gamine du voisinage, elle n'appréciait pas ses cachotteries.

Cela attrista profondément Mounira, surtout que le voisin n'exprima aucun regret. Elle savait que c'était interdit et souhaitait secrètement que son père la surprenne et qu'elle l'affronte. Sa mère fermerait les yeux, comme d'habitude. De toute manière, elle ne voyait jamais rien.

Elle espérait bien rencontrer quelqu'un d'autre. Cette fois, elle l'afficherait et ce serait sa manière de déclarer son indépendance, son refus des diktats paternels. L'élu fut un garçon de son âge, qui habitait l'immeuble voisin. Il était son choix. Il n'osait pas l'approcher et elle l'encouragea par des sourires suivis de salutations. Elle lui indiqua le chemin du café, des tête-à-tête à peine discrets, et ce fut elle qui prit l'initiative de l'embrasser. L'ayant aperçue avec lui, main dans la main, son père ne réagit pas, mais ne manqua pas de faire connaître ses décisions à sa femme. Si elle ne stoppait pas ses rapports avec des garçons avant le mariage, elle se rangerait volontairement dans le rang des prostituées et serait définitivement exclue de la famille et chassée de la maison paternelle. Elle accueillit ce commandement comme une libération.

Se présentant à divers magasins, elle sollicita un emploi de vendeuse. Ce fut le libraire qui l'engagea. Cela coïncidait avec la fin de l'année scolaire. Elle ne s'inscrirait pas au collège. Son salaire lui permettrait de louer un studio et de manger à sa faim. Son père ne se départit pas de son mutisme, comme si ce départ était un soulagement. Aux yeux des autres, sa fille suivait l'exemple des jeunes de son âge en décidant de son avenir. Il éviterait d'étaler au grand jour et aux yeux de tous la dissidence religieuse de sa fille. Quand il arrivait que son père ou sa mère la croisent dans la rue, ils passaient leur chemin en faisant mine de ne pas la reconnaître.

Seule, elle menait une vie d'orpheline n'ayant d'abri et de refuge que la librairie. Le soir, elle rentrait avec un livre, comme pour poursuivre une scolarité dépourvue de programme et de but. Sa liberté lui pesait parfois autant que l'assujettissement passé à son père. Des clients lui faisaient des compliments. Était-elle vraiment charmante? À quoi bon? Le jeune voisin qu'elle embrassait dans des cafés disparut de son existence. Il ne pouvait pas la suivre dans sa fuite et ce fut elle qui le quitta.

Pour parfaire son français, un étudiant américain s'attarda dans la librairie. Elle l'écouta raconter sa Californie natale, la mer, la montagne, les plages. Un territoire autre, et qui, quels qu'en fussent les attraits, ne serait jamais plus qu'une image. Elle était ancrée dans sa ville, son lieu de naissance, même si elle se trouvait perdue dans une brume sans fond. Elle écoutait Peter, l'Américain qui préparait sa future carrière de professeur de langue. Son père lui envoyait des chèques et sa mère l'appelait plusieurs fois par semaine. Il habitait la résidence des étudiants de Carleton. Grand, dégingandé, comme incertain de sa démarche, il cultivait une allure bohème.

Un soir, il s'attarda jusqu'à la fermeture et lui proposa de dîner dans un des restaurants du marché. Elle accepta, n'ayant pas de raison de refuser et convaincue qu'il n'entendait que parler français en sa compagnie. C'était le début de l'été. Il faisait beau. En quittant le restaurant, ils se promenèrent dans le quartier et il la raccompagna à son immeuble. Devant la porte, il la serra subitement contre lui. Elle sentait sa main trembler sur son dos.

Il l'embrassa. Elle répondit plus par réflexe que par goût. Il lui déclara qu'il pensait constamment à elle, qu'elle était la plus belle femme qu'il ait jamais connue. Elle n'attendait plus qu'une déclaration d'amour pour le faire monter chez elle. Elle le fit patienter une semaine et, se trouvant enfin seule entre quatre murs avec lui, elle se laissa caresser.

«Je t'aime et je veux passer ma vie avec toi.» Elle prit goût à ses baisers qui vinrent à bout de sa timidité. Elle lui indiqua la manière de lui enlever ses vêtements. Il était malhabile, presque gêné par l'évidence de son désir. Elle le prévint qu'elle n'avait pas l'intention de tomber enceinte et qu'il lui appartenait de faire attention. Il exhiba triomphalement des préservatifs. Elle découvrait sa sexualité dans l'embarras et le plaisir. Se laissant aller à son plaisir, Peter la combla au-delà de ses rêves. Son amour dit, déclaré, vécu, la tranquillisa, l'incita à vaincre sa passivité, et elle finit même par dire d'une voix à peine audible en répondant à un «je t'aime» un «moi aussi», sans le regretter. Elle décida finalement de prendre la pilule. Il l'attendait tous les soirs, à la fermeture de la librairie, portant un paquet de sandwichs, de légumes et de fruits.

Cela dura à peine deux semaines. Peter, le blond efflanqué avec ses rires de perpétuel étonné, un enfant dont la naïveté était une porte d'entrée, lassa Mounira : il n'y avait rien derrière. Les étreintes étaient suivies de longs silences, car Peter n'avait rien à dire et elle-même rien à raconter. Elle garda le secret de sa révolte, sa fuite et sa solitude, car le jeune homme n'y aurait rien compris et, de toute façon, n'aurait rien pu y changer.

La domination involontaire qu'elle exerçait et sa supériorité apparente lui devinrent insupportables. Même absent, son père demeurait un pilier, un exemple, la soutenant dans le rejet de ce garçon qui n'avait rien d'un homme. Plus Peter proclamait sa dépendance dans ses déclarations d'amour insistantes, répétitives, plus elle pensait à son père sans colère et sans amertume. Quand il lui apprit qu'il devait rentrer chez lui, elle s'efforça de masquer sa satisfaction par une exclamation de surprise.

— Mais tu vas m'accompagner, venir avec moi.
— Quoi ? Ici je suis chez moi, j'ai mon travail.

— Tu seras ma femme. J'aurai un travail et je te ferai vivre. En attendant, mes parents seront là, heureux de te connaître et de t'accueillir.

— Tu oublies que je suis musulmane.

— Entre nous, cela n'a pas d'importance.

— Si, car je n'ai pas le droit d'épouser un homme non musulman.

— En Californie, on ne fait pas de différence.

— Mais moi, je suis obligée d'en tenir compte.

— Chez nous, personne ne te posera de question.

— Car je ne serai plus musulmane aux yeux des autres.

— Tu seras ma femme.

— Je ne suis pas de nulle part. Toi, tu es américain. Je suis arabe, à moitié arabe, en fait, canadienne et musulmane.

Ses affirmations la surprenaient, lui révélaient des convictions inconnues pour elle, comme si elle s'imposait une identité. Son compagnon reconnut finalement le problème, mais il était toujours convaincu qu'il n'était pas insoluble. Elle s'abstint de lui suggérer de se convertir à l'Islam, car il était capable d'obtempérer et ce n'était nullement ce qu'elle souhaitait. Elle se contenta donc de renvoyer la possible solution à plus tard.

— Nous allons réfléchir tous les deux, dit-elle.

Il était convaincu qu'elle allait lui indiquer la route puisqu'il l'aimait et qu'elle répondait à son amour. Elle l'accompagna avec soulagement à l'aéroport. Ses étreintes lui manqueraient, mais la contrepartie était finalement trop lourde. Elle lui assura qu'elle l'appellerait et qu'elle attendrait ses coups de téléphone. Ils auraient le temps de réfléchir avant de prendre une décision qui les engagerait pour la vie. Parti confiant comme un enfant, il émit toutefois, dès ses premiers appels, des doutes sur la réaction de ses parents. Cela leur passera, affirma-t-il, et ils ne s'opposeraient pas longtemps à son bonheur. Ses réponses étaient brèves, succinctes.

Elle chercha le moyen de retrouver ses propres parents. Et elle y parvint, leur envoyant une lettre à leur adresse à Ottawa en indiquant de la faire suivre, mais la lettre lui revint deux semaines plus tard. Elle téléphona à l'ancien bureau de son père, mais n'obtint que des réponses négatives. On lui apprit qu'il n'avait jamais donné de ses nouvelles à personne.

La communication avec Peter se poursuivit en s'espaçant. Il devint moins insistant. Sans doute avait-il trouvé une nouvelle égérie, pensa-t-elle avec un mélange de soulagement, de déception et de colère.

Cela coïncida avec mon entrée en scène. Prête, accessible à la passion ou, du moins, au sentiment, elle craignait dès le départ de se dévoiler trop vite de crainte de se dévaloriser. À partir du moment où notre relation prit forme, elle s'abandonna à son désir. Éveillé par Peter, il trouva consistance et plénitude avec moi. Elle l'affirma sans réticence, avec toutefois des pointes de pudeur et parfois de défi. Souvent, au lit, ses gestes étaient empreints de brutalité, comme si par une impertinence affichée elle faisait preuve de volonté et de force.

Je ne l'ai compris qu'au moment où elle se mit à me parler de son père. Armé de patience, je fus rapidement persuadé que je ne parviendrais jamais à le déloger et, encore moins, à prendre sa place. Quand, au lit, elle se jetait presque violemment sur moi, j'avais le sentiment qu'elle défiait son père de manière à lui crier qu'elle était là, à le forcer de lui faire une place, de lui rendre sa place, et elle faisait monter sa voix pour qu'elle soit entendue.

J'avais mes propres énigmes et je croyais qu'en les révélant, d'abord à moi-même, je réussirais à les chasser, à m'en libérer – même sans être assuré de les résoudre. « Nous allons nous tenir l'un contre l'autre pour rester debout, me disais-je, non pour nous soutenir, mais pour éviter la chute. » Nous prononcions moins fréquemment les mots d'amour, recourant aux caresses et aux étreintes sans réussir à les remplacer.

Ce fut ensuite l'achat de la librairie. Mounira allait être ma partenaire. Je lui proposai un contrat qu'elle accepta les yeux fermés. Elle aurait, en plus de son salaire, un pourcentage des bénéfices, sans avoir de responsabilité pour les pertes. J'assumais ainsi, croyais-je, mon rôle d'homme, non de substitut de père. Pendant des semaines, nous

nous sommes enfoncés dans le tunnel de l'entreprise, prisonniers, serrés dans un étau, trop pris pour sortir du cercle. Au lit, nous affirmions être ensemble, afin de ne pas nous dissoudre dans le quotidien, les zigzags de l'argent, les projets et les rêves d'avenir.

Mounira s'employait à remplir ses fonctions, à jouer son rôle à fond. Nos conversations tournaient le plus fréquemment sur l'avenir du livre. Nous réservions un plus grand espace aux CD et j'ai imaginé un rayon consacré – paradoxalement – aux nouvelles technologies de lecture.

Nos ébats nocturnes ne nous épargnaient pas les pressions incessantes du quotidien. Nous nous rejoignions dans une intimité, la recouvrions de diverses manières, dans le silence, dans une certitude entrecoupée de craintes et de peurs. Nous n'hésitions pas à reconnaître tacitement notre lieu : ni fusion, ni refuge, nous nous enfermions dans le présent, ne laissant ni le passé ni l'avenir prendre le dessus. Ce n'était pas une fuite, mais une manière d'être. Il m'arrivait de lui dire qu'elle était la femme de ma vie et elle se contentait de répliquer qu'elle le savait, comme je savais que j'étais son homme.

Après quelques mois de mon rachat de la librairie, Mounira et moi partagions tous les instants de notre existence et j'étais saisi de terreur dès que je songeais à son absence, la plus éphémère, la plus épisodique fût-elle. Sa beauté rayonnait quand elle cherchait un livre, parlait avec un client, un sourire

illuminant son visage ; c'était pour moi une constante surprise, une nouvelle conquête sur le temps,
un don jamais acquis totalement, et je me disais,
dans la gratitude, que c'était la femme, la mienne.

Notre emploi du temps ne nous laissait pas de
répit. L'avenir était un recommencement de tous
les jours. Parfois, au milieu de la nuit, avant ou
après l'étreinte, une pointe de terreur inattendue,
subite, me piquait : Mounira me quitterait, s'absen-
terait un jour de ma vie. Une blessure profonde
sonnait l'alerte et je la serrais aveuglément de
toutes mes forces, comme si tout souffle, toute
respiration allaient me déserter. À son tour, elle se
serrait contre moi non par simple consentement,
mais comme poussée par une nécessité identique,
s'appropriant la place de la femme, de l'unique.
Un jour, nous sortirions de notre mutisme. Je me
disais que nous ne nous quitterions à aucun prix,
comptant les heures jusqu'au matin en attente de
l'immédiat.

Cela dura des semaines, des mois. Les vacances ?
Impensable. En été, une ou deux fois par mois,
nous passions des week-ends au bord d'un lac.
Mounira savait mieux nager que moi, même si elle
avait peur de l'eau. Le samedi soir, nous nous
attardions dans un des restaurants du marché. Elle
refusait le vin que je proposais, une décision que je
respectais. Elle trinquait à l'eau en riant.

Le jour de l'An, nous visitions mes parents. Ma
mère faisait son rôti annuel obligatoire et mon père

semblait guetter notre départ pour se remettre à son journal. Nous présentions à notre arrivée la boîte de chocolat habituelle, qui restait scellée, et nous quittions la maison, un chèque à la main, notre cadeau de l'année. Sans manifester une chaleur affectée, Mounira était aimable, savourait même des moments de plaisir, heureuse, me disait-elle, de se trouver au sein d'une famille, dans un foyer, fût-ce une seule fois par année.

Un jour, une lettre brève, sèche, brutale de la mère de Mounira provoqua un tremblement de terre. «Ton père est mort d'une crise cardiaque. Il ne s'est jamais remis de ta trahison. Tu as contribué à le tuer.» Signé d'une initiale. Je n'avais jamais vu Mounira aussi livide, tremblante et d'une tristesse infinie. Elle ne versait pas de larmes, mais était constamment sur le point de le faire. Puis, elle s'est mise à pleurer dans une tristesse vide, comme évacuée de toute réaction. La mère ne donnait pas d'adresse et seule l'estampille de la poste indiquait la ville d'envoi : Fort Lauderdale, Floride.

— Si tu veux y aller, je peux t'accompagner. On fermera la librairie pendant quelques jours.

— Pour quoi faire? Elle n'a même pas daigné indiquer son adresse.

— On trouvera. On peut même commencer d'ici à chercher son numéro de téléphone.

— Elle ne desserrera pas les lèvres, ne dira rien. Elle n'a rien à dire.

— Mais enfin, c'est ta mère !

— Si peu. Elle m'en a voulu d'être née. Cela dérangeait sa totale servitude. Elle avait accepté le commandement qui érigeait son absence au monde.

— N'es-tu pas trop sévère ?

— Peut-être. Tu as vu sa lettre ? Quelle cruauté ! Elle ne s'en rend même pas compte. À peine un être humain.

L'idée de la consoler ne me traversa pas l'esprit. Son père l'avait condamnée à l'exclusion et sa mère l'accusait d'avoir causé sa mort. La connaissant, je devinais son futur comportement. Elle garderait le silence. Les jours suivants, elle se présenta normalement à la librairie. Une apparence. Un masque. Elle n'ouvrait pas la bouche, multipliait les oublis, les confusions de dates et d'horaires. Désemparé, je rongeais mon frein. Elle était envahie par la douleur et se gardait d'en faire état. Ses distractions dans le travail devenaient fréquentes et incontrôlables.

Nous ne sortions presque plus et quand je suggérais un dîner au restaurant le samedi, Mounira prétextait son manque d'appétit pour refuser ou se contentait d'une salade. Au lit, son absence d'entrain était prévisible. Elle se plaignait d'un mal de dos, de fatigue… J'évitais toute question et n'émettais aucune remarque. Je redoutais l'éclatement de notre relation.

❧

Au repas du Nouvel An, ma mère demanda discrètement à me parler en privé, et m'interrogea sur mon avenir. La librairie fonctionnait bien, lui répondis-je, y allant de moult informations sur les progrès de la technologie des communications, sur l'avenir du livre.

— As-tu l'intention de te marier? coupa-t-elle. Tu as atteint l'âge d'avoir des enfants et le temps passe vite et est inexorable pour les femmes.

J'ai répondu qu'on y songeait, Mounira et moi, et qu'on inscrirait notre relation dans un document officiel. J'ai laissé passer quelques jours pour faire part de l'interrogation de ma mère à Mounira. Elle patienta un moment et finit par soupirer.

— De quoi se mêle-t-elle?

Craignant d'envenimer les choses, j'ai choisi de garder le silence. Une perte de substance contaminait nos gestes. Quelques jours plus tard, j'ai attiré son attention sur un couple de jeunes qui s'embrassaient sans se soucier du public, «promesse d'une vie commune, d'un bonheur partagé», commentai-je. Impassible, elle me regarda sans surprise.

— C'est remarquable d'être aussi naïf. Dans un an, le garçon aura une maîtresse et la jeune femme se laissera séduire par un homme de passage qui la rassurera sur sa jeunesse et ses attraits.

— Tu es terriblement désenchantée.

— Peut-être. Le passage des années n'est pas seulement une épreuve, mais un stade. On finit par faire l'apprentissage des mécanismes des comportements des hommes et des femmes.

— Tu n'as jamais été aussi philosophe.

— Et puis après? On peut à tout moment s'ouvrir les yeux.

Par lâcheté ou par crainte de devoir affronter des faits nouveaux, j'ai laissé la conversation s'éteindre. Je soumettais de plus en plus mon amour à un mutisme qui n'altérait pas ma conviction et un attachement au solide passé qui fondait notre avenir, celui de notre vie ensemble.

Un soir, souffrant de la percevoir plus maussade que d'habitude, j'ai éclaté.

— Nous ne parlons plus de mariage.

— Non, en effet, dit-elle, entre l'indifférence et le défi.

— Je te le propose.

— Est-ce une question que tu me poses?

— Non. C'est une proposition d'un avenir commun, un projet de fonder une famille, de vivre ensemble, d'avoir des enfants.

— Nous vivons jour et nuit ensemble.

— Je parle de l'avenir.

— L'avenir est demain et cela vaut mieux qu'il en soit ainsi.

— Je voudrais bien avoir un enfant avec toi, de toi.

— C'est prématuré.

— Comment ça? Nous en avons les moyens maintenant.

— Il ne s'agit pas d'argent.

— De quoi alors?

— Quel nom portera l'enfant?

— Le nôtre.

— C'est-à-dire le tien. C'est impossible pour moi.

— Tu es ma femme. Je n'aime que toi et je n'aimerai jamais que toi.

— Tu oublies que je suis musulmane.

— Pas du tout. Je t'accepte sans restriction.

— C'est ce que tu penses. Une musulmane n'a le droit d'épouser qu'un musulman. Je viens d'ailleurs, de loin, je suis musulmane. C'est inscrit, marqué. Je ne viens pas de nulle part. Mon père n'a jamais nié qu'il venait d'ailleurs.

Sachant que ce ne serait qu'une pierre jetée dans l'océan, j'ai souligné son origine mixte, égyptienne et canadienne. Sa réponse était toute prête, lapidaire. Elle avait dû y penser précisément,

— Mon père a quitté sa terre natale par refus, par mépris. Il ne s'est jamais attardé plus tard à en découvrir l'histoire fabuleuse qu'il repoussait d'un revers de la main, la réduisant à l'archéologie. Pendant des années, il ne prononçait des mots arabes qu'en de rares occasions, avec réticence. Son drame, c'est qu'il n'a jamais conquis au Canada le statut d'homme, de personne. Pas d'un simple mâle, mais d'un homme. Comme mâle, il avait une femelle à ses pieds qui le dispensait de tout souci d'affirmation. Elle le rassurait à très bon compte. Il

ne tentait pas de me transmettre ce qu'il ne possédait pas, pire encore, ce qu'il ignorait. Le Canada!
Lequel? Celui de sa femme francophone? Soumise,
exhalant la défaite, l'échec? Les anglophones?
Lesquels? Fonctionnaire, il s'était réfugié dans un
anonymat noble et digne, qui lui octroyait un titre
et lui permettait de subvenir à ses besoins. Ma
naissance fut son pire échec. Je n'étais pas la
récompense, la délivrance d'un passé humiliant et
d'un présent inconsistant. Je suis musulmane,
vois-tu, et ça ne changera pas.

Le long monologue de Mounira semblait fait
pour tenter de se convaincre elle-même.

Je me suis tu. Émettre des réserves, des objec-
tions n'aurait conduit qu'à dresser une barrière
entre nous. Elle surgissait devant moi de toutes
façons, sans que j'intervienne. Mounira ne s'accrochait à un rituel que pour atterrir sur un sol fixe,
solide, où poser ses pieds. Je n'avais pas réussi à la
prendre sous mon aile, à lui procurer un giron que
je ne possédais pas moi-même.

Se plaçant à distance, s'accrochant à un point
immobile sans en accepter le contenu et les conséquences, elle croyait gagner une autonomie. Allait-
elle se mettre à faire la prière cinq fois par jour? Et
le jeûne? Elle repoussait les pratiques comme des
détails insignifiants. L'Islam se résumait en une
affirmation, un socle qui l'empêcherait de s'unir
à moi.

— Veux-tu que je me convertisse?

— Oui. Ce ne serait rien pour toi. Tu répéterais trois fois une formule devant deux témoins et le tour serait joué.

Je préférai en rire.

Elle ne comprenait pas mon refus. Changer de religion n'est pas un jeu. Je suis né catholique. Je peux ne pas me le rappeler à tout moment, mais il ne me viendrait pas à l'esprit de le nier. Je suis canadien alors qu'elle ne pouvait le prétendre sans proclamer un choix : sa mère était une base, mais l'axe solide était son père. Il ne croyait pas, n'avait pas la foi, comme disent les chrétiens, elle non plus, et elle prétendait me demander de changer de lieu, de la rejoindre dans un vide, pour lui permettre de confirmer la réalité de son Islam du fait que j'y adhérais.

Nous participerions tous les deux à une escroquerie.

J'étais sur mes gardes. Et voilà que tout à coup, nous n'en parlions plus. Nos rapports sexuels faisaient tout de même surgir nos déchirements. J'ai senti la chape s'abattre quand Mounira ne réagissait plus, s'adonnait aux gestes mécaniquement. Elle ne parvenait plus à l'orgasme et ne tentait même pas de faire semblant. Je m'acharnais à me retenir, à l'attendre. Rien à faire. Une nuit, elle s'était même assoupie alors que je m'escrimais à tenter de la faire jouir. La nuit suivante, j'ai mis cartes sur table.

— En as-tu envie ?

— Si tu veux.

— Et toi, tu veux?

— Je viens de te le dire. Si tu veux.

La défaillance me guettait. Je le sentais. Je n'avais jamais pensé qu'un jour je ne serais pas dispos, à la hauteur du désir. En l'absence ou dans le sommeil de l'amour, le plaisir ne saurait être mon but, ni mon guide. Nous n'étions plus ensemble et nous tentions de le demeurer en nous adonnant aux gestes sexuels.

— Tu as l'air fatiguée, dis-je une nuit, pour m'excuser et reconnaître notre commune paralysie.

— En effet, nous avons beaucoup travaillé aujourd'hui. Je meurs de sommeil.

Ce n'était même pas vrai. Elle resta des heures à se tourner dans le lit, les yeux grands ouverts. De silence en recul, de retrait en mutisme, notre rythme se transformait.

∽

De dégradation en résignation, nous menions maintenant des vies séparées. Restait la longue journée du travail. Pour nous décoller l'un de l'autre, nous nous attardions dans d'insignifiantes conversations avec les clients.

Quand j'ai suggéré de nous rendre chez mes parents pour fêter leur anniversaire de mariage, Mounira me proposa d'y aller seul. En fait, pour elle, la solitude était une planche de salut, un état bénéfique enfoui dans un oubli jamais aussi envahissant. Je procédais de plus en plus à des gestes quotidiens comme le petit-déjeuner, le repas du soir, comme pour affirmer que nous étions toujours ensemble.

L'automatisme disparaissait et les frontières étaient imperceptiblement tracées. J'ai été surpris quand, certaines nuits, Mounira s'est blottie contre moi, rappelant un rituel ancien, comme si par un sentiment de culpabilité, le rappel d'un manque, la réparation d'un oubli, elle se reprenait. Et en même temps, je croyais entendre un murmure à peine audible, un appel au secours, une demande de protection, le remplacement d'un père qui avait si peu existé, sauf comme figure, masque.

Elle se reprochait de l'avoir repoussé, ignoré, et espérait que j'accepterais de combler son absence en me posant comme substitut. C'était non. Cela m'horripilait et me révoltait. Je rejetais les rôles assignés au préalable et joués dans une arène de représentation. Je la regardais avec effroi. La femme aimée, l'unique avait disparu. Un corps neutre. Ni belle ni laide. Pire : indifférente. La fin était inscrite en lettres de feu et de sang. Qui de nous deux allait le premier oser en déchiffrer les mots ?

Nous nous plongions dans le travail. J'explorais les avenues qui s'ouvraient. Le papier n'était plus une nécessité absolue. Ce n'était plus une réflexion, une prévision, mais une constatation matérielle. Allais-je tenir longtemps mon rôle de vendeur de livres? Mounira accomplissait son travail sans rechigner, comme si elle revenait à ses débuts, à un point de départ. Notre association n'était pas inscrite dans un document, mais découlait de notre existence, une dimension de notre vie. Pour des besoins de comptabilité, elle était rémunérée, recevait un salaire. Nos dépenses s'effectuaient sans calculer. Nous n'étions ni l'un ni l'autre disposés à l'extravagance.

De plus en plus souvent, Mounira quittait la librairie à l'heure du déjeuner et ne préparait plus, comme d'habitude, des sandwichs et des salades. Il lui arrivait de s'absenter pour une heure ou deux, au cours de l'après-midi, pour un rendez-vous chez le dentiste. Je savais qu'il n'en était rien, mais je me taisais. Étape par étape, la séparation se précisait.

Un dimanche, à la fin d'un petit-déjeuner calme et presque silencieux, elle dit :

— J'ai à te parler.

J'ai hoché la tête.

— J'ai obtenu un poste de secrétaire au ministère de mon père.

Je n'ai même pas exprimé de surprise.

— Je vais quitter la librairie.

Je n'avais pas à répondre et évitais de réagir.

— J'ai loué un appartement dans la Côte-de-Sable.

Ainsi la séparation était consommée, totale. Nous y étions préparés, consentants et n'avions pas à faire des adieux. Croyait-elle vraiment que j'allais embrasser l'Islam pour l'épouser? Et que voulait dire cet Islam pour elle? Elle était en quête d'un être, plus que d'une identité, et cela ne pouvait naître que de la fin de notre union. En d'autres mots, elle cheminait aveuglément sur un chemin d'autodisparition, de suicide. Son père n'était qu'un emblème et il lui paraissait évident qu'il lui était impossible de m'instituer comme son successeur. Nous avions inventé notre propre vie, mais elle ne parvenait pas à vaincre le néant dont elle croyait être issue. Et pourtant, nos heures et nos journées ensemble étaient si coulantes, si simples!

Il ne me restait que les livres. Je feuilletais les dictionnaires, la collection de la Pléiade, touchais le papier. J'existerais à travers les mots déjà figés. Rien à inventer. Or le terrain était glissant, les nouvelles technologies de plus en plus envahissantes, et je n'étais plus poussé par un véritable intérêt.

Le soir, je m'attardais avant la fermeture, hanté par les fantômes, les ombres du passé et celles du lendemain. Elle surgit un jour devant moi telle une apparition.

— Tu trouveras une femme comme toi, lança-t-elle.

Je percevais le désespoir qu'elle n'arrivait pas à cacher. Comme moi? Cela voulait dire quoi? Une Canadienne, catholique, francophone. Nous étions en train d'inventer une appellation, et non une identité. Nous aurions pu avoir des enfants, des surprises de tous les jours, mais elle n'en avait pas la force. La mort drainait son énergie. Et moi, je manquais de force et d'imagination pour la retenir.

Oui, maintenant je pourrais, comme elle m'avait invité à le faire, trouver une femme comme moi. C'est-à-dire un fouillis, un amas d'interrogations, d'incertitudes. L'humilité et la patience qu'exige le quotidien ne nous auraient plus permis, à Mounira et à moi, de traverser les jours et les semaines sans rien ignorer et sans rien résoudre. La seule réponse aurait été le silence, la disparition graduellement consommée.

Je n'ai plus eu la force de regimber, de dire non, de crier que tout restait à recommencer, perpétuellement.

LE RÉCIT DE DIDIER

Changer de cap

Ilona était devant moi, inerte. Un corps. J'étais effondré de ne plus entendre sa voix, terrifié de ne plus jamais l'entendre. Une totale incompréhension suivie du refus. Le médecin m'a prévenu : cela pourrait être la fin, ou la vie pourrait reprendre. Ilona renaîtrait de son immobilité. J'ai rejeté toutes les probabilités, je ne croyais plus en rien. J'étais impassible, en quête d'une immobilité intérieure. Et puis, soudain, l'espoir pointa. Une subite lueur, incontournable, qui traversait l'opacité. J'étais en perte de toute réaction, en perte de moi-même, tentant d'atteindre la même inertie, et pourtant, je respirais, j'entendais mon souffle briser le silence.

Une infirmière m'a rejoint, m'indiquant la sortie. Elle était en vie et son sourire me poussait à l'extérieur, au monde en marche, toujours là, inchangé. Tout persistait et Ilona était inerte. L'avais-je jamais regardée, vue en toute conscience, en toute lucidité ?

Le taxi m'attendait. Assis, tenant machinalement la clef, j'atteignis enfin mon appartement et, aussitôt, me jetai sur le lit. Fracassant toute défense, la vie refluait. J'étais là, vivant, coupable de respirer tout seul. Me relâchant, je hoquetais, mes larmes imbibant l'oreiller. Je pleurais. Plainte? Supplication? Je m'accrochais. Ilona ne pouvait pas partir; plus forte, plus solide que moi, elle me prévenait de garder le souffle, de guetter sa présence. Avais-je jamais cessé de le faire? À peine sortie de l'adolescence quand elle m'avait lancé le premier appel, elle était en pleine possession de son être. Sans avoir à le formuler, elle savait que j'étais l'homme, partenaire et associé. Le partage était inscrit. Elle n'a fait que lui donner sa voix. Nos corps s'étaient rejoints sans contrainte et sans errance dans l'imaginaire ou le rêve, comme si nous étions naturellement destinés l'un à l'autre sans faire remonter à la surface un réel, au-delà de l'énigme et du mystère. Une évidence dont notre mariage n'était qu'une confirmation. Nous appartenions à un monde à édifier, à construire pierre par pierre. Rien à expliquer et rien à comprendre. La vie, la nôtre, prenait le dessus. Ni regret, ni attente.

Edgar était ailleurs. Il n'avait jamais franchi le seuil du domaine de sa sœur, royaume dont elle détenait seule les clefs. Mais Ilona et moi nous étions deux dès la naissance, et notre mariage n'était qu'une reprise. Nous être reconnus nous avait étourdis. Le monde était à nous, mais il fallait le sortir de l'ombre, le faire naître. Le travail, l'invention d'une mission pour le récupérer, l'aménager, l'embellir, l'occuper, notre édifice. Il nous a dépassés, envahis, et nous avions ignoré ce qui l'entourait, l'enveloppait. Une négligence qui n'atteignait pas notre passage dans le temps, car nous étions libres de la liberté de l'autre. Rien ne pouvait exister pour moi sans qu'Ilona ne le ratifiât du regard. Elle exigeait le mien, y mettait le prix sans effort.

Aveuglés par notre édifice, nous avions peut-être raté la halte permettant une perspective, indiquant cadence et rythme. Nous ne risquions pas d'être pris dans le piège, de gonfler notre importance. Lancés dans le mouvement, nous n'avions pas de motif d'en arrêter le cours. Nous ne faisions état de notre comportement à personne autour de nous, ni par mépris, ni par crainte des critiques et des malentendus. Nous apercevions clairement les marques de doute, d'interrogation qui parfois frisaient le sarcasme, mais nous ne cherchions ni l'approbation, ni un accord même silencieux.

Nous respirions un air immunisé de toute menace de contamination. De sorte que notre édifice prenait de plus en plus la forme d'un monument. Ainsi, j'ai fini par ne plus me sentir à l'aise dans l'espace de notre salon, non par un retour nostalgique à la pauvreté, ni par quête d'une intimité. Sans me le dire, Ilona en était bien consciente. Il lui arrivait de faire allusion à la dimension de notre empire, une conquête qui justifiait nos efforts, nos élans, l'énergie déployée dont le résultat était tangible. Une réalité que nous observions sans qu'elle implique nos pensées et nos sentiments. Travail sans cesse accompli et jamais terminé.

Nos sentiments étaient une évidence inscrite sous l'empreinte du non-dit et de l'implicite. Étions-nous heureux ? C'était là une question saugrenue sans signification pour nous. Nous n'avions pas recours au rêve pour accroître ou dominer un équilibre, nous n'étions pas en quête d'intensité ou de calme pour en faire ressortir les bienfaits, ni à les taire ou les dissimuler. Dans nos conversations, nous n'abordions que le fonctionnement.

Saint-Martin n'avait pas été un refuge, mais un ailleurs, un lieu à l'écart qui m'avait maintenu en place avec Ilona. L'édifice était trop grand, trop étendu et je m'abritais dans un coin pour m'y sentir bien. Saint-Martin était un lieu où je humais l'air d'une liberté qui ne me manquait pas et dont je ne soupçonnais pas l'existence. Ilona remuait, n'arrêtait pas ses déambulations. Quand la catastrophe frappa, je me suis demandé si elle ne cherchait pas aveuglément un arrêt, une halte, sans passer par le rejet ou le changement. Imaginions-nous faussement que tout marchait comme cela le devait et que l'équilibre ne risquait pas d'être rompu ?

Le coup terrible sonna la fin. La mort était devant nous, à visage découvert. Ce n'était pas une simple alarme. Mon existence était suspendue à une corde fragile. Au bout de la route, une lueur possible virevolterait, une remontée à la lumière. Par miracle, Ilona pourrait revenir et il faudrait coûte que coûte que je sois là pour lui ouvrir la porte, aplanir le sol sous ses pieds. Ma vie ne tenait qu'à cet espoir, tout minime fût-il. J'étais le gardien qui guettait, qui surveillait tout ce qui risquait d'obstruer l'entrée, muet, incapable d'en trouver le sens. Ce qu'on me disait se réduisait à un bruit confus.

Comme par hasard, un après-midi, j'ai croisé le regard d'Edgar. D'un seul coup, tel un feu éteint qui éclate soudainement, des larmes refoulées surgirent, affirmant une continuité qui m'échappait. J'étais encore là et la fin n'était pas sans appel. À l'extérieur d'une sépulture, celle d'Ilona qui était aussi la mienne, Edgar m'inondait d'une ombre en me rappelant que le monde continuait, que je sois là ou non. Edgar lui aussi occupait sa place dans cet espace diminué jusqu'à l'absurde. Lui aussi émettait des ondes, un bruit doté de sens. Il était là, traçant un territoire, excluant les frontières, l'autre, l'ami, le frère, faisant miraculeusement resurgir le monde.

Ai-je été toutes ces années imperméable à cette chaleur? Le monde prenait forme, une lumière qui perçait les ténèbres de la mort. Ce ne pouvait être la fin. Il m'était impossible d'interrompre mon souffle. Edgar m'imposait un partage au-delà de la cécité, forçant mon regard, le geste de ma main, me tenant en haleine non comme un refuge, mais comme une exigeante incandescence qui perce la pénombre. Devant Ilona, corps vivant et inanimé, je fixais son visage, une paix que je refusais de réduire à un secret.

Au contraire. Une évidente éloquence dont émanait une beauté d'une symétrie unique. Je la voyais comme pour la première fois, si proche, si familière, m'épargnant l'effort de percer l'énigme. Je contemplais la source d'une joie ample, une beauté qui ne se livrait qu'aux yeux de l'amour. Je m'en étais sottement privé par inattention. Généreuse, elle ne me reprochait pas ma distraction, acceptant de me voir passer à côté.

Qu'aurais-je eu à lui dire sinon qu'elle était tellement en moi que je sentais le mouvement de ses sourcils et de ses lèvres? Fallait-il qu'elle soit étendue, inanimée, pour que je contemple la parfaite harmonie de son cou, de son nez? Elle ne se donnait pas, ne s'abandonnait pas au sentiment muet. Et là, seul, sans témoin, je me sentais secoué par le frissonnement, la palpitation du silence. Est-ce cela l'amour? Je ne prononçais pas le mot, car c'était entendu. Alors que face au mutisme j'avais envie de crier: «Je t'aime! Je t'ai aimée toutes les heures de notre vie.» J'étais sans mots, non par avarice mais par souci de ne pas rompre un équilibre immédiat et permanent. Et maintenant, dans le silence, je me recueillais, faute de hurler mon amour. «Tu m'as entendu, disais-je, sans ouvrir la bouche. Je prends acte de ton immobilité et j'entends ta voix résonner et ton regard scintiller. Tu ne me quitteras jamais et je suis submergé par ta beauté avant de la percevoir, la contempler.»

Je veillais sur Ilona pendant toutes les heures permises à l'hôpital. Je me réveillais pour me précipiter et me poster devant elle. Je dormais par intermittences, me nourrissais sans prendre un véritable repas.

Un matin, le miracle. L'infirmière, avec un grand sourire, me dit : «Ça y est, votre femme s'est réveillée!» Assise, en train de manger, les yeux grands ouverts, une couleur unique, brun clair, une insurpassable beauté. Sans la serrer, par appréhension, je l'ai embrassée.

— Tu peux me toucher, mon chéri.

La vie reprenait sa souveraine puissance. Ma voix était la même, surgissant du tréfonds. Ma chérie. Je n'avais pas d'autres mots. Il fallait attendre avant de regagner notre antre, notre palais. Qu'importe. Le temps, notre possession, reprenait son cours.

— Je reviens de loin, dit-elle, et je veux être au cœur des choses. Nous avons passé des années à courir. Il est inutile d'être submergés par les besoins. Nous n'en avons plus. C'est toi qui vas tout démêler.

Je la sentais fragile dans mes bras, mais en pleine possession de sa vivacité d'esprit. Nous allions changer de cap avec autant de détermination et d'énergie.

L'APPEL DU RETOUR

Devant Ilona

«Ilona est dans le coma.»

Ce furent les seuls mots du message de Didier à Edgar et à Rodney. De son appartement à Montréal, Edgar accourut aussitôt chez son beau-frère. Rodney hésita avant de prendre l'autobus pour Montréal. Allait-il fermer la librairie ou se fier à la nouvelle employée, Armande, qu'il avait engagée deux semaines auparavant? Il décida de prendre ce risque.

Depuis que, renversée par un motocycliste, Ilona avait perdu connaissance et était tombée dans le coma, Didier ne quittait pas l'hôpital Notre-Dame où le médecin, Yves Labonté, après l'avoir examinée et traitée, assigna une infirmière pour en prendre soin, l'alimenter et le prévenir aux premiers signes de réveil ou de l'arrêt de toute respiration, c'est-à-dire la fin. Il avertit Didier que le coma pouvait durer des jours.

Dans la salle d'attente de l'hôpital, Didier était impassible; il ne semblait ni abattu, ni triste. Face au fait, il attendait. L'infirmière permit à Edgar de se placer quelques instants devant le lit. En dépit des tuyaux, Ilona paraissait changée, transformée. Les traits immobiles, réguliers, elle affichait une sérénité qu'il ne lui avait jamais connue.

Edgar était revenu de tout; même de Teresa, une femme dont il ne sentait la proximité que dans ses errances du Nordeste, du désert et des prairies brésiliennes. Et quelle proximité! Le lit, la copulation, sans paroles et sans promesses. L'avenir était à sa disposition. Il n'avait qu'à reprendre la route, se perdre dans l'inconnu, un espace dont il avait cru saisir les sortilèges alors qu'il n'avait assisté qu'à des surgissements épisodiques, incompréhensibles. Le sens? Il ne se trouvait nulle part, ni dans le corps perpétuellement renaissant dans le mutisme, ni dans un paysage mort dont le mouvement lui échappait par manque de curiosité ou, tout simplement, de vie.

Il ne ressentait son existence, sa présence au jour, que sur la route alors que son corps disparaissait dans le trajet, un parcours dont la fin l'effrayait. Stop. Fini le tressaillement, le frissonnement; l'immobilité ne tarderait pas à régner. Il avait établi une barrière, se dressant telle une statue, fermant toute ouverture. Il craignait le rêve, détestait l'imagination, sans se rendre compte qu'il s'enfermait dans une coquille morte au monde et aux autres. Erna était revenue, mais l'amour, un volcan éteint, ne suscitait plus d'émotion. Il s'était fourvoyé en se soumettant au sentiment et à la passion. La trahison d'Erna l'avait abattu, telle une bête sauvage atteinte dans son élan. Son unique partenaire était un fantasme, un rêve d'adolescent, une associée, maîtresse de ses décisions et de ses projets. Et lui, avare de ses sentiments, ravalait son être à la vacuité, pauvre, démuni, devant rien.

Serrant la main de Didier en arrivant, il tenta de le prendre dans ses bras, mais il ne trouvait pas de mots. Je regrette, avait-il envie de dire. Ridicule. Il regrettait. C'est tout ? Sa sœur ! La femme de son meilleur ami. Il valait mieux se taire. Il s'était éloigné de Didier depuis que celui-ci l'avait profondément déçu en se liant à une femme si insignifiante. Ce dont il était convaincu à l'époque. À tort.

L'argent. Ce n'était pas cela. Après tout, l'argent n'était qu'un moyen. Il le savait bien, lui qui ne choisissait ses points de chute qu'en prévision du rendement. Didier, au moins, ne se fabriquait pas un personnage vertueux, au-dessus des désirs. Son beau-frère ! Il était content de se le répéter. Son beau-frère était honnête, égal à lui-même. Une femme, une villa, une assurance sur l'avenir, sans prétendre à des visées supérieures. La vie se suffisait à elle-même. Il en était respectueux, d'où son mutisme, car sa femme était le bien suprême, son trésor à lui, intouchable. Il n'allait pas en dilapider l'intégrité dans du verbiage.

Son beau-frère lui disait qu'il regrettait. Quoi ? La mort ? Qu'avait-il besoin de tels mots qui rabaissaient son sentiment à des propos convenus ! La société existait, à sa place. Il occupait la sienne sans rien devoir qu'à lui-même, à son travail, à celui de sa femme. Il donnait le sentiment de céder à sa femme, d'observer ses directives, ses intentions. Des apparences. Ses intentions étaient les siennes et il lui offrait le privilège de les exprimer. Un don d'amour. Au-delà des mots. Elle avait l'air de tout mener, mais c'était lui l'inspirateur. De toute façon, ils parcouraient le même chemin, la main dans la main. Un homme solide, fort, qui ne cédait qu'aux exigences des faits et menait sa barque dans le réel, contre vents et marées, en adéquation avec le monde, avec une partenaire; un bonheur qui ne se disait pas.

Les parents vieillissaient. Leurs ressources limitées à la pension, ils souffraient d'isolement et de l'absence de leurs enfants. Ilona et Didier leur trouvèrent une maison d'accueil pour aînés, dans l'est de Montréal, où ils disposaient de leur propre appartement, libres de se rendre au restaurant quand ils choisissaient de ne pas faire la cuisine. L'immeuble bénéficiait de la présence de services médicaux : infirmières, médecins, et d'une chapelle pour les catholiques où l'on célébrait la messe le dimanche. Ilona les appelait tous les dimanches et, accompagnée de Didier, leur rendait visite une fois par mois. C'était programmé autant que ses rendez-vous d'affaires.

Pour parer à son silence forcé, Didier les appela, taisant le coma de sa femme, attribuant son absence à un voyage d'affaires. Il était inutile de les troubler, d'après lui. Si Ilona mourait, il serait toujours temps de les prévenir, et si elle s'en sortait, ils la reverraient comme si de rien n'était. Il leur épargnait ainsi les angoisses, les inquiétudes et les attentes. Si elle était condamnée à disparaître, ils auraient tout le temps de vivre le deuil et d'éprouver la douleur de sa perte.

De son côté, Didier avait pratiquement déserté ses propres parents, se contentant de leur envoyer des cartes postales au cours de ses déplacements et les appelant à ses retours à Montréal, sans songer à leur rendre visite. Il se le reprochait. Des faits à l'épreuve des émotions et des sentiments. Sa femme se préoccupait de leur confort, de leur existence, sans le consulter, sachant qu'il n'aurait pas d'avis. Elle agissait à sa manière. Discrète, sans faire intervenir des sentiments, au demeurant complexes, incompréhensibles qui obscurciraient sa démarche dictée par une situation concrète, matérielle. Didier lui laissait la voie libre et, de toute façon, il était généralement d'accord avec ses décisions et sa manière d'agir.

Quand on sonna plus tard à la porte, Didier prophétisa : c'est Rodney. Il n'attendait personne d'autre. Celui-ci se précipita pour l'entourer de ses bras. Didier se contenta de signaler le fait : Ilona se trouvait toujours dans le coma et l'on n'avait qu'à attendre la suite, coupant ainsi court à toute question.

Rodney avait tellement changé qu'Edgar se demandait si, le croisant dans la rue, il l'aurait reconnu. Vieilli? Évidemment, comme eux tous. Le sommet de son crâne dénudé et le reste des cheveux insolemment gris, les traits tirés. Ce n'était pas une conséquence de la fatigue, se dit-il. Le regard inquiet, presque dur, et, fait nouveau, fuyant, il cachait un événement, une incertitude. Edgar n'allait pas le questionner et Didier serait le dernier à s'enquérir de ce qui lui était arrivé. Ils auraient dû l'appeler, mais ils avaient de concert abandonné le rituel. Ils menaient leurs vies et se réunissaient à l'occasion d'un mariage, d'une naissance, mais comme ces événements n'avaient pas eu lieu, rien n'avait interrompu le silence. Cependant, l'émotion d'Edgar en serrant Rodney compensait la tenue rigide de Didier, et lui révélait que leur amitié durait, qu'ils tenaient encore les uns aux autres.

Alors que Didier manifestait clairement, quasi brutalement, une attitude austère qu'on pouvait attribuer à la règle de mutisme instituée par Ilona, Rodney était hésitant. Ce serait peu dire. Incertain? Encore là, ce ne serait pas tout. Son corps s'était alourdi. Cela arrivait aussi aux trois. Le passage des années les soumettait au jugement. En ce qui me concerne, songea Edgar, le verdict n'est pas défi-nitif, pas encore. Rodney, lui, ne saura pas se taire. Pas avec ses amis. Le visage plissé par des rides prématurées, la voix lente, comme étouffée par un refus de se prononcer. Cela lui ferait du bien de se confier. Et s'il avait honte? Qu'importe. Il ne se trouvait pas en face d'adversaires. Ses deux amis avaient la conviction qu'ils ne pourraient rien faire pour lui. L'écouter, évidemment, lui prêter de l'argent, certainement. Le soulager? Des mots? Une femme? Assurément. Mais on finit par y survivre. Nous nous verrons demain en tête à tête, se dit Edgar. Il commencera par étaler ses déboires. Oui, il s'agit bien de déboires et il lui faudra bien en reconnaître la néfaste incidence. Rodney se délivrera alors momentanément de l'oppression, desserrera l'étau qui l'étouffe. Il mesurera encore davantage l'abîme, mais en verra plus clairement les traces. Ils ne se mettront pas à pleurer. Des hommes!

Quand les deux amis se levèrent pour partir, Didier ne les retint pas. Un domestique qui leur avait servi à boire les accompagna à la porte.

— Je viendrai te chercher pour le déjeuner, dit Rodney à Edgar, en hélant un taxi. Si tu es libre.

— Oui, je suis libre.

Rodney lui proposa de le conduire chez lui, mais Edgar avait envie de marcher un peu avant de rentrer. Erna était à Toronto pour la semaine. Il ne lui avait pas posé de questions sur ses projets et sur ses déplacements. Elle avait un poste au service des communications à la Banque Royale et cela lui faisait parcourir le Canada en toutes saisons. Il avançait sur une route déserte, le boulevard Graham. Des cottages des deux côtés, certains somptueux, la majorité hétéroclites et sans style. Aux entrées, des voitures stationnées, certaines luxueuses mais, dans l'ensemble, communes. De seconds véhicules, pensa-t-il.

Edgar s'appliquait à regarder les résidences, sans curiosité, surtout pour se détourner de ses préoccupations. Ilona était au seuil de la mort. Pourvu qu'elle ne le franchisse pas. Erna était une compagne comme tant d'autres ; il remettait à plus tard son interrogation sur le chemin qu'il parcourait à ses côtés, à l'épreuve d'un passé douloureux et d'un avenir incertain. Il se laissait entraîner par les heures et les jours, sans résister. Le Brésil était ailleurs et Teresa était à l'abri, à Bahia.

À l'abri de quoi ? Il se reportait à leurs nuits ensemble et à leurs déambulations dans la journée pour se loger, atterrir dans un coin agréable. Une promesse de plaisir sans continuité, sans prolongement et pourtant durable, persistant, à condition qu'il change de lieu, qu'il retrouve les brises et les odeurs du Nordeste. Il allait rentrer et, dans son appartement confortablement aménagé par Erna, tenter de se concentrer devant la télévision pour se perdre et surtout pour échapper à celle qui se présentait comme sa femme.

Il avait décidé de ne pas avoir d'enfant. Involontairement, car il fallait d'abord trouver la partenaire. Un enfant, c'est pour longtemps et aucune des femmes qu'il avait connues ne lui avait suggéré l'idée d'imaginer un enfant comme un proche, qui lui parlerait et l'écouterait lui raconter des histoires. Depuis son retour et la reprise de leur vie commune, Erna approuvait mollement ce dessein. Une nuit, après l'amour, elle eut une moue de dérision quand il fut question d'avoir un enfant.

— Je ne suis pas la bonne personne. Tu ferais mieux de voir ailleurs.

Il n'avait pas réagi, car, au fond, elle avait raison. Comment lui avouer qu'il n'était pas assez certain de leur avenir pour la désigner comme la mère de leur enfant ? Il évitait toute blessure inutile. Ce n'était pas elle, en fait, qui le plongeait dans le doute. Était-il prêt à être père ? En était-il capable ? Il craignait de se lancer dans l'aventure. Il attendrait la suite. Il savait bien que s'il restait avec Erna, c'était par manque d'énergie, par incapacité d'accepter ou de partir.

Son amour ne renaîtrait pas. Il recevait autant qu'il donnait. C'était peu, le minimum. Un divertissement. Pour passer le temps. Ils n'avaient pas de querelles, car ils n'attendaient rien l'un de l'autre et n'avaient rien à se dire. Pour Erna, c'est peut-être l'attente, se disait-il, la voie de la résignation. Elle se sent vieillir et ne compte plus sur ses attraits, même si elle suscite encore les regards et les compliments. Cela le laissait indifférent. Elle était déjà partie. Libre à elle de reprendre le chemin. Il se protégeait contre une souffrance en sachant qu'elle passerait comme la précédente. C'était désespérément triste, mais cela allait passer.

Quand Rodney a sonné, Edgar a été heureux de le sentir si proche. Comme l'ami de toujours. Ainsi, les années ne détruisaient pas forcément les sentiments. Rodney fit l'éloge de la propreté de son logis. Erna était à Toronto, expliqua-t-il. Oui, ils étaient toujours ensemble, ajouta-t-il d'un ton si détaché que cela avait clos toute conversation. Momentanément. C'était Rodney qui allait d'abord se soulager du trop-plein de déceptions et de souffrances comprimées.

Ils avaient commencé par parler longuement de l'avenir du livre et des nouvelles technologies. Cela rejoignait les préoccupations d'Edgar. Par courtoisie, ou plus probablement par amitié, Rodney fit l'éloge des textes de son ami qui avait perdu toute confiance dans ses capacités. Edgar le remercia par un sourire convenu. Rodney conclut qu'ils reprendraient plus tard le débat.

— Et ta vie d'homme? demanda Edgar, sentant son impatience et son hésitation à en venir enfin à l'essentiel.

Rodney lui fit part de sa descente aux enfers de la religion. Il n'était pas plus catholique que lui, mais il n'allait pas se renier en quittant un territoire peuplé par les ombres du passé. Surtout pas pour se jeter dans le désert d'un culte dont il ne percevait même pas le caractère, et encore moins la substance. Les superlatifs avec lesquels il décrivait les beautés de corps et d'esprit de sa Mounira ne convainquaient pas Edgar. Peut-être en exagérait-il l'effet pour justifier sa passion, l'amour dont il avait été tristement privé.

Cette femme qui s'accrochait à une religion qu'elle ignorait, qu'elle avait rejetée et à laquelle son père n'adhérait pas lui-même, lui apparaissait comme une personne sans consistance. Dépendre de la mémoire d'un père mort qui l'avait rejetée, qui refusait de la voir, et d'une religion inadaptée à la vie qu'elle menait à Ottawa dénotait, pour le moins, une absence de caractère. N'était-elle pas dépourvue de toute vision personnelle, ne s'appuyant que sur des certitudes imaginaires ? Comment le dire à Rodney qui justifiait tout sans tenter d'aller au cœur des faits, à l'arrière-plan ?

LE RÉCIT D'EDGAR

L'impasse

Mon premier livre pour enfants, où je racontais des légendes amérindiennes, eut un succès inattendu. Des ventes. Des traductions en anglais, en suédois, en allemand. J'en écrivis deux autres ensuite sur d'autres légendes. Des Inuits, des Gaulois. Succès phénoménal. Mon nom commençait à percer et l'on attendait mes ouvrages. Les demandes me parvenaient, nombreuses, suivies souvent d'autres traductions. Je commençais à croire en ma carrière. Il s'agissait bien d'une vie prenante, autant que celle que j'avais eue au Brésil. Un pays qui s'éloignait, sauf pour les légendes qui constitueraient la matière de prochains livres. Je n'aurais même plus à m'y rendre. J'ai repoussé la tentation d'une incursion en ces terres aimées : le déplacement aurait été trop fatigant, onéreux et surtout inutile.

J'en fis part à Rodney, qui ne trouvait pas de raisons de critiquer un choix surgi des circonstances et probablement aussi d'une forme de paresse. Je cherchais constamment le confort, y compris dans mes grands déplacements. Et d'abord le confort de l'esprit. Je me donnais l'illusion de la découverte, d'un parcours de l'ailleurs, d'une quête de l'étranger tout en demeurant bien campé dans mon fauteuil. Erna n'émettait pas d'opinion et je ne savais pas si elle en avait. Et si c'était le cas, cela m'aurait laissé imperturbable. Je n'attendais pas l'approbation de Rodney, ni de qui que ce soit, car je n'avais nul désir, nulle énergie pour agir autrement.

Une impasse? La vie, quelle qu'elle soit, en est une. Manquais-je de courage, d'imagination? Peut-être. Je m'en passais paisiblement. Je n'étais pas vieux, mais j'étais conscient qu'au bout, c'était la fin. Rodney évoquait Mounira avec la nostalgie d'un amour perdu par perte de substance et surtout par la conscience que la femme célébrée, désirée, dotée de toutes les vertus, se rapetissait volontairement à sa dimension réelle. Elle n'était pas moins ordinaire que des dizaines d'autres. Rodney s'en voulait de ne s'en être rendu compte qu'en raison de son retrait, de ses refus. Cela la rétrécissait et son amour, relégué à un passé mémorable et merveilleux, entravait son présent et son avenir. Il avait la faiblesse de rêver. Il avait accepté son travail et la seule lueur à l'horizon était de revenir à Montréal, lieu mythique où la nostalgie ne se confinait pas au passé, mais pointait vers l'avenir.

Peut-être ai-je été conduit aux légendes non par manque d'invention, mais par nostalgie. Rodney pouvait bien rêver d'amour, cela lui donnait l'élan de ne pas déserter un territoire fantôme, une illusion, dans le désert où il errait. Je crois, par contre, que Didier était exemplaire dans son amour. Il n'embellissait pas Ilona, ne la rehaussait pas sans raison. Il la regardait dans son corps et son esprit, telle qu'elle était. Elle le comblait. Manque d'imagination? Nullement. Une appréciation du don, car une femme est un don, quand on a la perception juste et réelle de sa dimension, qui dépasse la nôtre en nous permettant de nous échapper de la prison de notre corps, et des limites de notre énergie.

Las, exaspéré de revenir à Montréal sans le vouloir, Rodney récitait le discours sur la technologie d'aujourd'hui, l'étroitesse de la place laissée au livre, sur le DVD, les diverses trouvailles qui se succédaient: téléphone cellulaire, internet. Il débitait, sans émotion, dans la monotonie, ce qu'on lit tous les jours dans les journaux, ne se sentant pas touché par les changements rapides qui se répercutaient dans son travail. Il citait les faits froidement, sans les déplorer ou s'en réjouir. Je l'écoutais patiemment. Percevant mon ennui, il poursuivait néanmoins le discours qui le détournait de ce qui le remuait intérieurement: l'amour perdu, la femme partie, transformant par son absence un quotidien devenu insensé, erratique.

Il évitait de le dire pour ne pas être accablé par la honte d'avoir été aveugle, naïf. Il tentait de se reconstruire sans avoir l'illusion d'y parvenir. Il attendait le miracle, une femme, fée, sorcière, ange, peu importe, qui ferait irruption dans sa vie et amorcerait une nouvelle naissance. Je sais qu'il percevait et scrutait mon état. Il n'osait pas me proposer son aide pour me sauver du désarroi. Il me prodiguait, par contre, des réflexions convenues sans préciser sa pensée, de crainte de me blesser. Nous logions à la même enseigne.

Je ne soufflerais pas mot de ce que je pensais, n'ayant pas moi-même de certitude. Ce qu'il mettait de temps à analyser et à décrire à propos des nouvelles technologies n'était que vain bavardage. Ni lui ni moi n'étions en mesure de nous placer à distance pour les rejeter. Il valait mieux, par conséquent, tenter de comprendre afin de ne pas s'y conformer aveuglément. Je n'avais pas le choix et ma liberté était en jeu, même si je fermais les yeux pour ne pas admettre mon impuissance. J'étais un enfant qui avait vieilli sans acquérir les mérites de l'âge. Je n'avais rien à apprendre de son interminable discours.

À PROPOS DE RODNEY

Les yeux ouverts

Le soir, dans sa chambre au Sofitel, son hôtel pré-
féré à Montréal, Rodney tenta de se concentrer
devant l'écran de télévision. En vain. Il présumait
le jugement d'Edgar à son endroit aussi sévère
qu'erroné, s'appuyant sur son propre comportement
stérile et contradictoire. Edgar pratiquait le journalisme de l'extérieur, à distance, se mettant en
garde contre tout ce qui pouvait le toucher, l'impli-
quer, refusant à tout prix de se mouiller. En amour,
il obéissait aux mêmes abstentions, aux mêmes
refus. Avait-il jamais éprouvé la force du sentiment,
la violence de la passion pour une femme en
dehors du lit et des repas pris en commun?

Si c'était le cas, cela aura été de courte durée,
aboutissant au désastre. Il vivait la résignation,
dans l'absence d'un élan de l'instantané. Un
mariage pour ainsi dire arrangé par les circonstances. Que sa compagne fût celle qui avait fait
surgir le sentiment, cela ne changeait rien à la
démission. Ayant épuisé les ressorts de l'exotisme,
il a eu recours à une audience d'enfants qui le

rendait quitte de ne pas en avoir lui-même. Il se contentait des apparences d'une vie de famille, d'un foyer. Un refus de se mouiller, traversant le temps en surface et se jugeant lui-même comme une victime des rêves.

Quoi qu'il en soit, la technologie n'est pas un fantasme et il vaut mieux la comprendre pour ne pas en être la victime, pour se poser en sujet, en faire usage sans s'y soumettre. Rodney tentait, quant à lui, de le faire les yeux ouverts. Quant à l'amour, il croyait qu'Edgar ne connaissait pas la femme, qu'il n'avait ni la simplicité ni l'humilité de se regarder lui-même dans les liens qu'il nouait. Aimer une femme est la grande épreuve. Dès qu'on commence par refuser l'inconnu, l'incertitude, la contradiction, on se condamne à une mort de l'esprit, réduisant le corps à un instrument de satisfaction immédiate, répétitive, sans lendemain. Son amour pour Mounira avait été une plongée dans la totalité. Il la sentait encore intérieurement, la désirait à l'infini. Faire l'amour avait été une nouvelle naissance, non pas une répétition qui se dissoudrait dans l'habitude, le rituel. Plutôt la découverte d'un corps, énigme et mystère dont la présence reste évidence et illumination.

Il n'avait pourtant pas réussi à surmonter le quotidien. Manque de chance. Car l'amour est double, il dépend de l'autre, de sa volonté, de son élan. Mounira l'avait aimé, il en était sûr, mais dès qu'elle s'était tournée vers elle-même, elle avait reculé, se fourvoyant sur sa personne. Le retour au père avait été un refus, par faiblesse, par fragilité, qui avait abouti à une lâcheté, une fuite, une disparition dans l'anonymat.

L'attente

Edgar assura Rodney qu'il lui téléphonerait tous les jours pour le mettre au courant. Ilona était en vie, il espérait qu'elle le resterait, et Rodney pouvait reprendre la route pour Ottawa. Il retrouva donc le travail, s'appliquant à des tâches qui le détournaient de la hantise de la mort, d'une fatalité prématurée. Il avait le sentiment d'accomplir des gestes mécaniques, dans une fébrilité incontrôlable, comme pour ne pas s'enfoncer dans la tragédie. Il était seul face à sa propre vie qui se réduisait à l'attente.

De quoi? Le surgissement d'une figure miraculeuse qui incarnerait l'amour, un lien indestructible, réel, fort. Cela dépendrait de lui de le percevoir, de l'animer, de le nourrir pour le préserver. Une femme qui sortirait de l'ombre. Une beauté pour l'instant sans visage, alors que Didier attendait sans tomber dans le rêve, pendant que lui, Rodney, vivait d'une foi qui n'était qu'espérance.

Le soir, épuisé par une journée de travail acharné, il s'effondrait au lit. Des nuits entrecoupées de cauchemars, de rêves d'errances, de pertes de repères, d'amours et de rencontres contrariées. Désarmé, n'entrevoyant pas d'issue dans les tâches répétitives, il tenta de savoir ce que les rencontres cybernétiques offriraient. Il s'inscrivit à des sites et il reçut des offres. Il rejeta celles qui étaient apparemment alléchantes : de jeunes beautés qui accepteraient des aventures, de brèves rencontres. Des professionnelles, jugeait-il. Il n'en était pas là.

D'autres femmes, moins ouvertes, étalaient davantage de conditions que de propositions. Pour éviter le rêve et le fantasme qui naîtrait d'un choix trompeur, il établit le contact avec plusieurs. Il se méfiait surtout de celles qui se hâtaient de joindre leurs photos, de s'exposer en se rehaussant physiquement. Il écrivit des messages courts, neutres, sans avoir recours aux hyperboles habituelles. Deux correspondantes poursuivirent le contact, s'attendant à une rencontre soit à Toronto soit à Montréal, sans donner leurs adresses. Il s'enquit de leurs professions. Des enseignantes.

Les photos lui montraient, aux heures où la solitude lui pesait plus fortement, des corps épris d'étreintes, de caresses, de nuits blanches, une sensualité perpétuellement inassouvie. Des images de Mounira et de Doreen virevoltaient, sortant de l'ombre en dépit de sa volonté de ne pas abîmer sa mémoire, mais également pour qu'elles ne s'imposent pas comme modèles inégalables et inatteignables. Il redoutait une évasion dans l'imaginaire qui provoquerait une chute.

Il regardait les femmes, dans la rue, dans les restaurants. Elles étalaient autant que les hommes des imperfections et des défauts physiques. Des bassins trop larges, trop minces, trop épais. Il s'attardait aux regards souvent indifférents, sinon éteints, qui s'animeraient, se disait-il, lors d'un échange. Devant celles qui l'attiraient, son élan se cabrait rapidement, car il redoutait une séduction trop exigeante, aboutissant à une norme décevante. Il se mettait à imaginer des conversations, des opinions, des confessions, des récits d'existences et d'amours. Il n'allait pas jusqu'à risquer une rencontre, car tout affrontement réel le paralyserait.

Il se demandait si Didier regardait Ilona. Son ami consacrait ses énergies à son travail, mettant apparemment le drame sous le boisseau. Peut-être se comportait-il comme ça dans toute circonstance, en accomplissant ses tâches sans états d'âme. Le médecin ne prévoyait pas de changement avant une semaine ou une dizaine de jours. Ilona était alimentée et respirait artificiellement. Il fallait s'armer de patience, se disait Rodney. Il rendit visite à ses parents, maintenant dans leur maison de retraite. Leur temps était programmé. Repas, repos, divertissement, rencontres. De toute façon, ils étaient ensemble et jouissaient à deux de toute la liberté de parler, fût-ce pour ne rien dire, alors que lui attendait le miracle. Une simple femme.

Au bout de quinze jours, Edgar l'appela. Miracle! Ilona était sortie du coma. Vivante. Bien vivante. Elle devait rester chez elle pour se reposer, se refaire un corps et un esprit. Elle ne se souvenait pas de ce qui lui était arrivé. Didier attendit le lendemain pour faire signe à Rodney.

— Ilona est rentrée. Elle doit encore rester au lit pour récupérer. Je te préviendrai quand tu pourras venir nous voir.

— Tu es heureux, constata Rodney.

— Évidemment.

— Moi aussi.

— Je le sais. Nous nous reverrons bientôt. Je te mettrai au courant.

Rodney éprouvait de la pitié autant que de la sympathie pour son ami incapable d'intégrer son bonheur, de le ressentir, sinon bien discrètement.

LE RÉVEIL DES DISTRAITS

Le dîner d'Ilona

Un dîner formel. Un maître d'hôtel, une cuisinière, la villa fleurie, les lumières tamisées pour assurer une intimité propice aux échanges. Cela faisait six mois qu'Ilona était sortie de l'hôpital. Ce soir, c'était la célébration de son anniversaire. Quarante-trois ans. Elle l'affichait, s'était habillée pour la soirée. Elle voulait une robe longue, mais Didier l'en dissuada, surtout qu'il détestait porter lui-même l'habit. Elle avait donc choisi un ensemble rouge foncé, la jupe bien ajustée et la veste s'ouvrant sur un chemisier en satin blanc surmonté d'un collier de perles.

Accompagné d'Erna, Edgar était arrivé le premier. Ils se présentaient comme couple. Discrète, quasi soumise, Erna laissait loin derrière le souvenir de la jeune femme passionnée, n'épargnant pas ses gestes, ses caresses. Imperturbable maintenant, elle était la compagne suivant son mâle, le soutenant, lui obéissant tout en tentant de conserver sa présence. Elle portait une jupe de velours gris sombre, un chemisier blanc et une veste noire, sans collier, sans bijou. Elle saluait d'un sourire à peine ébauché, laissant à Edgar le soin de faire les premiers pas.

— Les parents ne seront pas parmi nous, annonça Didier, les dîners et les longues soirées les fatiguent trop.

Puis, se tournant vers une dame qui se tenait à côté d'Ilona :

— J'ai le plaisir de vous présenter Roseline Bachand qui agira comme directrice de la fondation que nous venons de créer. Elle est à la tête d'une compagnie de communications et a accepté de consacrer une journée par semaine à notre fondation.

Les cheveux en chignon, avec des mèches grises, dans la cinquantaine, la dame portait une robe bleue et une veste blanche. Entre la rigidité et la discrétion, elle serrait les mains, faisant le tour des invités. Didier donna le signal du début de la cérémonie. Avant que les convives ne se mettent à table, le maître d'hôtel servit le champagne.

Les places étaient signalées par un petit carton. Ilona demeurait égale à elle-même, avec en plus une touche de douceur. Edgar était ému de percevoir chez sa sœur une beauté qu'il n'avait jamais devinée. Il l'avait serrée contre lui en entrant et, à sa surprise, elle s'était laissé faire en appuyant sa main sur son bras.

— Je suis heureux de te retrouver en si bonne forme.

— C'est grâce aux médecins et à Didier.

Après l'entrée, des crevettes, Didier se leva.

— Je lève mon verre à vous tous, et d'abord à Ilona, ma femme. Nous avons traversé une épreuve difficile, et surtout grave, qui nous a dessillé les yeux. Nous avons travaillé, bien travaillé, mais peut-être avec trop d'acharnement. Ilona est revenue de loin et je voudrais la garder le plus longtemps possible. Nous avons bêtement négligé la possibilité d'avoir une suite, des enfants. Cela nous paraissait trop lourd. Mais des enfants existent dans le monde et, ici même, près de nous, qui sont seuls et réclament silencieusement un soutien. Nous avons donc décidé de consacrer nos premiers efforts aux enfants malades et handicapés. Roseline Bachand s'emploiera à le faire avec talent et efficacité. Elle pourra vous donner des détails sur son action si vous le désirez. Je voudrais ajouter qu'Ilona et moi n'avons pas l'intention de prendre notre retraite. Nous en avons les moyens, mais que ferions-nous de nos journées? Nous avons trop l'habitude du travail et désormais nous nous consacrerons à notre fondation, sans nous priver de notre confort, des vacances et du plaisir de recevoir les amis. Nous sommes heureux que vous soyez là et vous remercions d'avoir répondu à notre invitation.

Edgar avait envie de faire partager ses projets qu'il qualifiait de rêves, en prenant à son tour la parole. Évitant les formalités protocolaires, il se

contenta d'exprimer son bonheur d'être avec sa
sœur, son beau-frère et ses amis. Il offrit comme
cadeau d'anniversaire à Ilona son dernier livre,
dédicacé « à ma sœur bien-aimée », des mots qui le
remuaient par leur nouveauté et qu'il ne cessait de
se répéter pour le plaisir d'en savourer l'évocation.
Pour sa part, Rodney s'abstint de tout discours.

Lors de son entrée, Erna avait embrassé Ilona.
Elle admirait sa constance, sa résistance aux frétil-
lements des sensations passagères. Était-ce un
exemple ? Elle eût souhaité renouer avec les émois
des débuts avec Edgar, mais celui-ci avait mis trop
de temps à se libérer de ses soupçons. Elle en était
responsable et résistait à passer son temps à se
disculper. Elle se contentait d'accueillir la décision
d'Edgar de ne plus partir, d'être chez lui avec elle.

Edgar ne cachait pas son admiration pour sa
sœur et son beau-frère même si, dans le cas de son
ami, une pointe d'envie se glissait et qu'il se dépê-
chait de rejeter. Pour lui, Didier était un homme
droit, intègre, lucide aussi bien dans ses désirs que
dans ses volontés. Il avait eu la chance de tomber
sur la femme de ses rêves et avait su saisir l'occasion. Alors que lui se perdait dans les méandres de
l'errance, son ami allait son chemin, ayant à ses
côtés une compagne inébranlable. Leurs sentiments
les poussaient de l'avant, ils s'appuyaient l'un sur
l'autre dans la confiance.

Il n'allait tout de même pas jusqu'à se laisser
prendre par une idéalisation simpliste, d'autant

plus facile que sa sœur et son beau-frère vivaient fermés sur eux-mêmes, dans un univers se réduisant aux chiffres. Au moins lui, en dépit de ses tergiversations, ses cheminements inconséquents, avait eu le loisir de parcourir des espaces, même s'il n'avait pas toujours su les percevoir et en saisir la richesse, s'arrêtant pour ne jouir que de l'instantané, l'immédiat, sans avoir conscience de ce que la diversité comportait à la fois d'éphémère et d'insaisissable.

Aurait-il maintenant le talent d'en ressentir la profondeur? S'il avait eu recours à la légende, à l'Histoire, espérant ainsi trouver les permanences qui lui échappaient, il avait dilapidé ce qu'il aurait pu préserver, thésauriser dans une totalité jamais atteinte. Il avait passé son chemin sans sentir le sol sous ses pieds, comme s'il déambulait sur une couche d'air. Il regardait Erna de biais, comme pour en percer le secret. Elle l'avait soumis à une épreuve dont il ne s'était pas guéri. Avait-il trop cru en l'amour, s'y précipitant comme une phalène dans un éclat dont il ne soupçonnait pas la brûlure? N'avait-elle pas fui elle-même ce feu pour ne pas disparaître? Elle était revenue, mais il n'y avait pas eu de nouvelle naissance. Il avait accepté sa proximité sans l'assumer, se résignant à la fuite dans le confort, abandonnant la réalisation d'un sentiment apaisé et finalement partagé.

Il fermait les yeux comme si l'affaissement dans un quotidien sans ressort était son lot. Il ne possédait pas le discernement, la sagesse ni la raison de son ami Didier. Didier vivait l'amour selon sa propre disposition. Et lui-même, avait-il jamais réellement connu l'amour? Teresa était le Brésil, un monde autre, à part. Erna était la prise de conscience de son corps, de son accession au statut d'homme. L'avait-il atteint? Il avait le sentiment de la voir pour la première fois. En société, à table, elle s'affranchissait de la cérémonie. Elle acceptait leur vie, la nourrissait, l'alimentait. Son regard n'était pas celui de la résignation, mais d'une acceptation raisonnable, source et fondement d'une continuité. Il devinait dans son regard un accueil du monde, les remous d'un bouillonnement intérieur qui ne se dévoilait pas, par pudeur et par manque de confiance. Il dépendait de lui de faire poindre une lueur à travers l'ombre. C'était à lui de libérer cette clarté en l'affranchissant de l'incrédulité; il ne redouterait plus les yeux scrutateurs, le rejet ou l'accusation d'Erna qui serait prête à s'offrir, à donner si elle pouvait espérer un accueil, alors que lui se tenait en retrait, muet face à l'essentiel. Et s'il disait oui? Saurait-il le faire sans s'embrouiller dans les termes? C'était lui le résigné, lui qui n'osait pas survoler le dédale de l'ombre afin d'atterrir, poser ses pieds sur le sol.

Pourquoi s'adressait-il à des enfants dans ses livres? Pour en avoir rejeté la concrétisation avec Teresa et avec Erna. Il était probablement trop tard et s'il en parlait, ce serait par culpabilité, en quête de pardon pour avoir oublié le don, avoir méconnu la source de l'élan. Il s'était constamment encombré de tâches secondaires, maintenant il pourrait les fuir, car ses livres pour enfants étaient à la fois la consécration de l'évasion et la recherche d'un but. Quand on l'invitait à prendre la parole devant des élèves, il se sentait comblé de parler de ses livres à des jeunes.

Il pourrait maintenant se mettre à étudier l'histoire pour donner ensuite des cours, mais il n'avait ni le goût, ni l'énergie de tout recommencer, de se recomposer une existence. Il pourrait y parvenir, écrire des livres pour raconter de véritables faits historiques, non comme un expédient pour gagner sa vie, mais pour se mettre à un autre niveau. Ce ne devrait pas être un substitut, une appropriation d'enfants inconnus pour remplacer ceux qu'il n'avait pas eus.

Il se sentait très proche de Rodney, au visage ouvert, détendu, mais aussi trompeur que le sien. Une tristesse profonde habitait son ami, d'autant plus pénible qu'elle était invisible, recouverte par l'encombrement d'un quotidien qu'il recherchait non pour se la dissimuler, mais dans l'espoir d'en sortir par des compensations immédiates. Comme lui, il était atteint par une profonde blessure. On célèbre trop facilement l'amour du prochain. Où se vautrait-il? Qui était-il? Quand il est à proximité, il risque de vous blesser, de vous faire mal.

Contrairement à lui, Rodney avait foi dans un bonheur qui tomberait du ciel, fruit mûr qu'il n'aurait qu'à cueillir. Quel naïf! Il risquait d'attendre indéfiniment, le pauvre. Erna, quant à elle, n'était ni l'ange d'amour, ni la bombe sexuelle perpétuellement en feu. Le jour viendrait où il trouverait le courage de lui parler, sans suspicion, sans précaution. Un homme et une femme qui s'allient contre le malheur du monde et contre leur propre incapacité de l'affronter. Elle ne comprendrait pas ce qui était demeuré impénétrable dans ses fébrilités vaines, au long de tant d'années. Rodney serait un frère qui se réjouirait de son apaisement et ne ressusciterait pas sa détresse enfouie sous un amas de gestes et de mouvements, aussi fréquents que futiles. Et pourtant sa solitude demeurerait une cage où il s'enfermerait de crainte d'être balayé par le vent du large.

Pour sa part, Rodney avait du mal à retrouver l'intimité de l'amitié. Seul avec sa tristesse, il croyait qu'elle était inscrite sur son visage. Ses deux amis étaient installés dans une existence confortable, apaisés sans avoir trahi les rêves et les promesses de leurs années de jeunesse. Ils étaient au mitan de leurs vies, mais chaque jour était un commencement, comme on dit. Des mots. Seuls les drames, les catastrophes et les ruptures amènent des changements. Sans se résigner, ses amis avaient accepté la réalité de leurs liens.

Et lui? Avait-il su proposer un avenir à Mounira? Une véritable prise en main de sa vie pour sortir de l'ornière? Il n'était pas en mesure de le faire et c'était lui aussi le responsable de leur échec. Qu'attendait-il? Il n'était plus question de tout recommencer. Il n'était plus aussi intéressé par la technologie. Chaque année, les entreprises internationales lançaient de nouveaux gadgets, plus perfectionnés, plus performants, créant ainsi un monde à part, un univers séparé auquel s'accrochait toute une génération. Cela le désolait, le fatiguait et, en fait, ne l'intéressait que parce qu'il était appelé à en faire le commerce. Il ne voyait pas comment s'en affranchir.

Le désirait-il vraiment? Il suivait la foule. Après tout, c'était ainsi qu'il gagnait sa vie. Quitter Ottawa, oui, mais que trouverait-il à Montréal? Les mêmes ingrédients, les mêmes instruments d'oubli et d'évasion, encore plus envahissants. Un monde à la dérive? Peut-être, mais il suffirait de regarder à la télévision les scènes de misère, de famine et de massacres pour se rendre compte qu'il était bien à l'abri. Un privilégié. Ses jours se suivaient, tournant à vide. Rien ne pouvait plus le surprendre. À certains moments, il se demandait où en étaient Doreen et Mounira. Il n'avait été qu'un passage, un divertissement, et n'avait reçu que ce qu'il était disposé lui-même à donner. Avec Mounira, ce n'était pas vraiment la religion qui les avait séparés. Il avait la tentation de l'appeler, d'aller l'attendre à la sortie du bureau, mais il avait du mal à imaginer les mots qu'il lui adresserait. L'énergie lui faisait défaut.

Une femme dans la quarantaine, d'une discrète élégance, lui avait demandé un jour des conseils de lectures puis, poussant un long soupir, avait ajouté : «Ça me sortirait du marasme...» Il suggéra des livres, sans donner suite aux confidences. Il s'était dit qu'elle était probablement abandonnée, comme tant d'autres. Cela ne l'intéressait pas de se mêler de ses malheurs. Peut-être, pensa-t-il ensuite, que les malheurs des autres l'ennuyaient, qu'il se retenait d'accorder une attention, une écoute à la souffrance, à la détresse des inconnus. N'était-il pas lui-même un inconnu, n'en subissait-il pas le poids? Il soupirait, cherchait à s'occuper pour laisser passer le temps.

Passer le temps? Était-ce cela la vie? Une autre fois, une femme, sans doute de son âge, feuilletant des magazines, s'excusa de ne pas en acheter, car chez elle, disait-elle, elle serait incapable de s'asseoir pour lire. Il hésita, puis lui proposa un roman policier. Elle eut l'air déçue, désemparée, s'attendant à une réponse qu'il refusait de donner. Seul, devant la télévision le soir, il se dit que s'il savait vraiment regarder ces femmes, il en découvrirait la beauté ou, du moins, les attraits attachants, mais il était devenu trop avare pour leur accorder son attention. Il était donc temps de donner sans s'attendre à un retour. Ce serait le moyen d'échapper à la solitude. Il regarderait les femmes, entamerait des conversations, les écouterait. Ce serait le moyen de tomber un jour sur le bon numéro. Un patient cheminement, sans miracle.

Le cadeau de la présence

On attendait le clou de la soirée : le discours d'Ilona. Assise entre son mari et son frère, elle n'affichait plus l'air de tout savoir et de tout contrôler. La fatigue laissait des traces autour de ses yeux. Aucune tristesse. Calmement, d'une voix égale, elle répondait aux questions d'Edgar, acquiesçant aux remarques de son mari, baissant les paupières en signe d'accord. En se levant, elle se tourna vers Didier.

— Le cadeau de mon mari, dit-elle d'une voix étranglée par l'émotion, est invisible. Il est loin cependant d'être secret, caché ou camouflé. Son cadeau fut sa présence constante, indéfectible à mes côtés depuis que j'ai rouvert des yeux, revenant d'un long voyage dans l'au-delà. Il a compris, sans que j'aie à le lui demander, qu'il ne fallait rien m'offrir de matériel, pas de bijoux, car je n'en ai jamais beaucoup porté, et je n'ai aucune envie d'en porter aujourd'hui. Des livres, mon frère s'en est chargé : quels précieux livres que les siens, les produits de son esprit, de son imagination. C'est tellement bien d'avoir un frère et surtout d'en être consciente. Je peux te dire, Edgar, que tu as une sœur qui n'a pas besoin de proclamer son amour pour que tu en saches la vérité et la profondeur. Il s'est affirmé, enrichi à mon séjour dans le monde de l'absence. Rodney, l'ami, le mien autant que celui de mon mari et de mon frère, m'offre le monde dans une boîte. Ce sera à moi d'en déceler les immenses trésors.

Elle fit une pause, puis reprit :

— Je n'ai jamais su bien parler. Au cours des années, le monde s'étendait devant moi et j'avais le sentiment que je n'avais qu'à ouvrir ma main pour le saisir. J'en ai recueilli les apparences, mais en en enfermant les images, j'étais demeurée à la périphérie, confondant l'espace d'une résidence, pourvue de tous les emblèmes de la richesse, avec l'intimité, l'air qu'on respire, qu'on partage avec le compagnon de vie. Nous avons travaillé beaucoup, Didier et moi, accumulant les bienfaits du confort, nous évertuant à contempler nos acquisitions. Séjournant dans le monde de l'absence, j'ai eu la révélation de l'inanité d'un passage dont rien ne subsiste, seulement l'éphémère et cette soif qui est une marque et un signe. Il importe maintenant que je regarde ce qui m'entoure, que je m'attarde sur les gestes, que je scrute les regards, accueille les sourires, les dons de vie dont je n'ai pu percevoir la réalité qu'au moment où elle s'apprêtait à me quitter. J'ai perdu beaucoup d'heures, de jours et d'années. Aujourd'hui, chaque moment qui passe sans que j'en aie conscience me semble perdu. L'ampleur de la richesse qui m'est désormais accessible est considérable. Je souhaite ne plus rien laisser échapper, ne plus me perdre dans la distraction.

Tout ému, Edgar se demanda si sa sœur aurait la force de répondre elle-même à son appel au réveil et s'il en aurait lui-même le courage.

FIN

DU MÊME AUTEUR

Essais / critique

Le Réel et le théâtral, Montréal, Hurtubise HMH, 1979 ;
Paris, Denoël, coll. «Les lettres nouvelles», 1971. Prix
France-Canada, 1971.

Realty and Theatre (trad. anglaise de Alan Brown),
Toronto, House of Anansi.

La Mémoire et la promesse, Montréal, Hurtubise HMH,
1978 ; Paris, Denoël, 1979.

Écrivains des Amériques, tome I, «Les États-Unis», 1972 ;
tome II, «Le Canada anglais», 1976 ; tome III, «L'Amérique
latine», 1980, Montréal, Hurtubise HMH.

Le Désir et le pouvoir, Montréal, Hurtubise HMH, 1983.

Le Repos et l'oubli, Montréal, Hurtubise HMH, 1987 ;
Paris, Méridiens-Klinksieck, 1987.

Le Père, Montréal, Hurtubise HMH, 1990.

La Réconciliation à la rencontre de l'autre, Montréal,
Hurtubise HMH, 1993.

Portraits d'un pays, Montréal, L'Hexagone, 1994.

Culture : alibi ou liberté ?, Montréal, Hurtubise HMH,
1996.

Idoles et images, Montréal, Bellarmin, coll. «l'Essentiel»,
1996.

Figures bibliques, Montréal, Guérin littérature, 1997.

Les Villes de naissance, Montréal, Leméac, 2001.

L'Écrivain migrant, Montréal, Hurtubise HMH, 2001.

L'Écrivain du passage, Montréal, Hurtubise HMH, 2002.

La Parole et le lieu, Montréal, Hurtubise HMH, 2004.

Écrire le réel (essai), Montréal, Hurtubise HMH, 2008.

Théâtre

La Discrétion et autres pièces, Montréal, Leméac, 1974.

Avant la cérémonie, Montréal, Éditions du Marais, 2006.

Romans / nouvelles

Dans le désert (nouvelles), Montréal, Leméac, 1974.

La Traversée (nouvelles), Montréal, Hurtubise HMH,
1976.

Le Rivage (nouvelles), Montréal, Hurtubise HMH, 1979 ;
Paris, Gallimard, 1981.

Le Sable de l'île (nouvelles), Montréal, Hurtubise HMH, 1979 ; Paris, Gallimard, 1981.

La Reprise (nouvelles), Montréal, Hurtubise HMH, 1985.

The Neighbour (recueil de courtes nouvelles traduites du français par Judith Madley), Toronto, McClelland & Stewart.

Adieu Babylone (roman), Montréal, Éditions La Presse, 1975 ; Paris, Julliard, 1976.

Farewell Babylon (trad. anglaise de Sheila Fischman), Toronto, McClelland & Stewart.

Les Fruits arrachés (roman), Montréal, Hurtubise HMH, 1981.

La Fiancée promise (roman), Montréal, Hurtubise HMH, 1983.

La Fortune du passager (roman), Montréal, Hurtubise HMH, 1989.

Farida (roman), Montréal, Hurtubise HMH, 1991.

A. M. Klein (roman), Montréal, XYZ éditeur, 1994.

La Distraction (nouvelles), Montréal, Hurtubise HMH, 1994.

La Célébration (roman), Montréal, L'Hexagone, 1997.

L'Amour reconnu (roman), Montréal, L'Hexagone, 1998.

Le Silence des adieux (nouvelles), Montréal, Hurtubise HMH, 1999.

L'Anniversaire (roman), Montréal, Québec Amérique, 2000.

Le Gardien de mon frère (roman), Montréal, Hurtubise HMH, 2003.

Je regarde les femmes (nouvelles), Montréal, Hurtubise HMH, 2005.

Châteaux en Espagne (nouvelles), Montréal, Hurtubise HMH, 2006.

Le Veilleur (roman), Montréal, Hurtubise, 2009.

Le Premier Amour de Daniel (roman), Montréal, Éditions du Marais, 2009.

Le Long Retour (roman), Montréal, Hurtubise, 2011.

Livre d'art

La Neige (incluant des images originales de Monique Dussault), Montréal, Éditions du Pôle, 2009.

amÉrica

Dans la même collection :

KORN-ADLER Raphaël, *Faites le zéro...*, roman, 2003.

LABRECQUE Diane, *Raphaëlle en miettes*, roman, 2009.

LABRECQUE Diane, *Je mourrai pas zombie*, roman, 2011.

LATENDRESSE Maryse, *La Danseuse*, roman, 2002.

LATENDRESSE Maryse, *Pas de mal à une mouche*, roman, 2009.

LATENDRESSE Maryse, *Quelque chose à l'intérieur*, roman, 2004.

LECLERC Michel, *Le Promeneur d'Afrique*, roman, 2006.

LECLERC Michel, *Un été sans histoire*, roman, 2007.

LECLERC Michel, *La Fille du Prado*, roman, 2008.

LECLERC Michel, *Une toute petite mort*, roman, 2009.

LEFEBVRE Michel, *Je suis né en 1951... je me souviens*, récit, 2005.

LOCAS Janis, *La Seconde Moitié*, roman, 2005.

MALKA Francis, *Le Jardinier de monsieur Chaos*, roman, 2007.

MALKA Francis, *Le Violoncelliste sourd*, roman, 2008.

MALKA Francis, *La Noyade du marchand de parapluies*, roman, 2010.

MALKA Francis, *Le Testament du professeur Zukerman*, roman, 2012.

MARCOUX Bernard, *Ève ou l'art d'aimer*, roman, 2004.

MARCOUX Bernard, *L'Arrière-petite-fille de madame Bovary*, roman, 2006.

RAIMBAULT Alain, *Roman et Anna*, roman, 2006.

RAIMBAULT Alain, *Confidence à l'aveugle*, roman, 2008.

SÉGUIN Benoit, *La Voix du maître*, roman, 2009.

ST-AMAND Patrick, *L'Amour obscène*, roman, 2003.

TREMBLAY Louis, *Une vie normale*, roman, 2007.

TROTTIER Yves, *Nevada est mort*, roman, 2010.

VILLENEUVE Johanne, *Mémoires du chien*, roman, 2002.

GARANT DES FORÊTS
INTACTES

Achevé d'imprimer en octobre 2012
sur les presses de l'imprimerie Gauvin
Gatineau, Québec